メディアワークス文庫

23時の喫茶店
明日を彩る特別な一杯を

杜宮花歩

目　次

カーマインが好きだった。見ているだけで元気が湧いてくる、鮮やかな赤色のことだ。戦隊ヒーローでもよく使われるカラー。幼い頃は、無敵の称号を与えられた勇者のように、毎日わくわくしながらカーマインを纏っていた。

色鮮やかな景色の中で生きていた。

色鮮やかな景色を作っているのは、周りの人たち。

街を行き交う人、登下校を共にする友達、学校の先生。

みんな、様々な色を纏っている。

ある時から、他の人たちが、なぜその色を纏っているのか気になってきた。

両親に聞いたが、彼らは困った顔で笑い、「伊織は天才ね」と言って頭を撫でるだけだった。

だから、よく遊んでいたO君に聞くことにした。

「ねえ、どうしていつも黒いオーラを出しているの？」


途端、O君の眉間に皺が寄った。これまでに見たことがない、拒絶の顔だった。

O君に聞いたのは、彼がいつも俯いていて、何かを我慢しているように見えたから、そんな色じゃなくて、もっと明るい色を纏うべきだと、助言したかったからだ。

けれど、O君にはその親切心が一切伝わっていなかった。

「キモ。お前ってスピリチュアル系？　マジで無理」

O君は逃げていった。彼はその日から口を利いてくれなくなった。

彼が誰かに告げ口をしたり、いじめてくることはなかった。

日常はそのまま、ゆるりと流れていた。

しかしどういうわけか、閉じ込められたかのような息苦しさが付き纏う。


その日を境に、カーマインを纏えなくなった。

プロローグ

靄（もや）が漂っている。濁った黄緑色（オイルグリーン）の靄が、伊織の頭の周りを覆っている。もやもやと、綿飴（わたあめ）みたいなそれがしつこく纏わり付いてくるので、払い落とすべく頭を振っていると、少し前を歩いていた雄大（ゆうだい）が振り返った。

「沢渡（さわたり）、どうかした？」

「あーいや、気にしないでくれ」

雄大は踵（きびす）を返（かえ）して、再び歩き始める。彼は歩きながら何か喋（しゃべ）っているが、伊織の耳には半分ほどしか入ってこない。視界を邪魔するオイルグリーンに意識を奪われ、彼との会話に集中できないのだ。

もやもやと、もやもやと、オイルグリーンは目の前を染め続けている。

「おーい沢渡！　聞いてるか？」

ハッとして顔を上げると、雄大が部室の扉を中途半端に開き、こちらを向いて立っていた。黒と白のギンガムチェックのシャツ。ネイビーのジーパン。黒い革靴。黒髪にわずかなパーマ。まだどこか大学デビュー感の漂う、伊織の同級生、川辺（かわべ）雄大。太めの眉の下にある一重の瞼（まぶた）を横長に薄めている。伊織を不審がっているのだろう。

「悪い。考え事していた。えっと、ここが川辺の部室？」

「そ。骨格研究会」

雄大は部室の扉を大きく開くと、室内の人たちへ威勢良く挨拶をする。胸を張って足取り軽やかに入室する彼からは、春のやわらかな陽気を連想する、レモンイエローのオーラが溢（あふ）れている。よく分からないが、彼は機嫌が良（い）い。何か良いことがあったに違いない。

学食にいた時から、雄大のテンションは高かった。そして、どこか落ち着きがなかった。何があったのか尋ねても、もじもじするばかりで教えてくれなかったが、食事が済んだ頃に突然、一緒に所属しているサークルの部室へ来てほしいと言い出したのだ。

そして今、伊織は訳も分からず「骨格研究会」の部室に足を踏み入れていた。室内に入ると、様々な色が見えてきた。ターコイズブルー、バーントシェンナ、モスグリーン、エトセトラ……。空間に漂っている色を生み出しているのは、テーブルを囲んで座っている数人の女子学生だ。みんなで何か作業をしているようだった。伊織が覗(のぞ)きこむと、彼らが囲んでいる机には、銀杏(ぎんなん)くらいの大きさの動物の骨が広げられていた。彼らはそれでアクセサリーを作っている。動物の骨を使ったピアスやイヤリング、ネックレスやブローチ。聞こえてきた会話によると、学祭で販売するらしい。

雄大は窓際に座る男性と話していた。手振りで、彼に伊織を紹介しているのが分かる。男性は伊織を見ると、椅子から立ち上がる。少し見上げるくらいの、スラリとした長い手足を持つ長身。センター分けした黒髪の間に、目鼻の整った顔が覗く。

彼は、丸メガネを外して軽く会釈した。

「初めまして。骨格研究会の部長で、文芸学科四年の矢代邦彦(やしろくにひこ)です。よろしく」

穏やかな話し方だった。着ている麻のシャツの襟を正すと、邦彦は再び座った。雄大と伊織も、そばに置いてある丸椅子に腰を下ろす。

「しかし、仙骨(せんこつ)がどこにあるかも知らなそうな川辺くんは、この研究会に興味があるわけではなさそうな沢渡くんを連れてきたりして、一体何の用かな？」

邦彦は形の良い顎を右手でさすりながら、雄大をじっと見る。

「骨に興味がないわけじゃないですよ？　俺は、人体を描く上では骨格から知ることが重要だと思って入部したら、動物の骨だらけだったもんで、部室に顔を出す機会が減っているだけでして……」

雄大の言い訳を、邦彦はやれやれといった調子で聞き流す。

「沢渡くんも、君と同じ、美術学科の学生なのかな？」

「そうっす。俺と沢渡は美術の洋画コースです。まだ、自分の作品とかはあんま描いてないですけど」

四月に入学して早二ヶ月。最初の基礎実習を終え、伊織と雄大はキャンパスライフに慣れてきていた。しかし、伊織はバイト三昧でどこのサークルにも入っていないため、サークルの部室を訪れたのは今日が初めてだった。

伊織は恐る恐る周囲を見回す。案の定、伊織たちの様子を、他の学生たち（主に女子）がチラチラと見ている。そんな彼女たちからは、赤みの強いピンク、レッドスピネルのオーラが噴き出ていた。邦彦へ視線を戻すと、彼はティーポットにお湯を注いでいた。数分後、できあがった紅茶を淀みない動きでカップに注ぐと、雄大と伊織に差し出した。邦彦の表情や所作は一貫して、凪のように穏やかで心地よく、印象派の絵画を連想する美しさがある。女子たちが、この眉目秀麗で穏やかな青年が気になるのは当然だろう。

女子たちの視線の理由に納得すると、伊織は一口飲む。普通の紅茶だった。

「あれ！　なんかこのお茶美味しくないっすか？　苦くない？　いや渋くないのか？　なんか飲みやすい。矢代さんお茶淹れるのうまいですね！」

雄大の純粋な反応に、伊織の心は揺らいだ。

「実家が輸入食品を扱っているからね。紅茶を淹れることに慣れているだけさ」

「輸入食品！　なるほど〜……」

つぶやく雄大を横目で見る邦彦は、人間を見定める猫のような目つきをしていた。依然として訪問理由を告げない雄大に苛立つことなく、極めて穏やかに微笑みながら、彼は他愛のない話を続ける。

「グスコーブドリの伝記のように、飢饉で家族が崩壊したり死人が出るといった困難が、現代日本では殆ど起こらない。そんな飽食の時代において、食は心身にどう影響しているのか。僕は、そこにもっと注目するべきだと、日頃感じている」

邦彦はなぜか、伊織を見ていた。

「え？」

蚊帳の外の気分だった伊織は、思わず声を漏らす。

「沢渡くん。さっきから、心ここに在らずといった様子だけど」

「あー、えっといや。すみません。最近バイト三昧で寝不足で、頭がぼーっとしているんです。お邪魔しておいて、本当すみません」

伊織は後頭部をかきながら苦笑する。紅茶をもう一度飲むが、やっぱり普通の紅茶の味だった。そんな伊織の表情をつぶさに観察していた邦彦は、ふぅむと唸る。

「僕の知り合いに、僕なんかよりもよっぽど上手に紅茶を淹れることができる人がいるんだ。その人は喫茶店を経営しているんだけど、そのお店が開くのは夜の二十三時。そしてそのお店には、ある条件を満たした人間のみ招待してもらえるんだ」

伊織は、いきなり妙な喫茶店の話を始める邦彦のことを訝り、黙り込む。

対照的に、雄大は目を輝かせた。

「へー！　変わってますね。会員制のバーみたいな感じ？」

「いいや。至って普通の喫茶店だよ。紅茶のセンスは抜群だけどね」

「じゃあ、どんな人なら、招待してもらえるんですか？　俺は行けますかね？」

「うーん、川辺くんはどうだろうなぁ」

邦彦はパンツのポケットに手を入れる。取り出したのは、革製の名刺ケース。その中から、やや厚みがある一枚の名刺を取り、伊織へと差し出す。

「だけど沢渡くんは、もしかしたらその条件をクリアするかもしれない」

邦彦に差し出された名刺。そこには店名とウェブサイトへ飛べる二次元バーコードが記載されていた。

〝紅茶専門店アルデバラン〟

クリーム色の厚めの紙に印字されたクラシックなロゴを見ても、伊織は特に気乗りしなかった。なぜ邦彦が、雄大ではなく自分に薦めるのか、考えあぐねる。

「キーワードは二十三時の喫茶店。巡り合わせがあることを祈っているよ」

伊織は自分が、初対面の邦彦にも伝わるくらいに、日常に不満のある顔つきであることを自覚した。彼に見透かされた気がして、やや居心地が悪い。しかし、どうにもできない自分事を、他人に話すというのは憚(はばか)られる。

きっと迷惑だろうし、誰も理解できないと思うからだ。

伊織は名刺をカバンにしまうと、紅茶を飲み干し、邦彦に挨拶をして、逃げるように部室を出て行った。

スマホを見る。時刻は十八時。早く家に帰って晩ごはんの支度をしなければならない。洗濯物も取り込めていないし、レポートの続きも書かなければならない。深夜から早朝は警備員のバイトに入るから、三十分くらい仮眠をとりたい。

自分のことを、誰かに理解してもらう余裕なんてない。

自分のことを見つめる時間なんて、忙(せわ)しない現実にはちっともない。

視界に浮かび上がるオイルグリーンを見ないようにする。見えないふりをしていれば、気にならなくなる。


それが正しいとは、けして、思っていないけれども。

第一話　アールグレイ

沢渡家の長男として生まれた伊織は、両親や親戚から過度な寵愛を受けて育った。一族の中で一番年下の子供で、大人しく聞き分けの良い性格だったこともあり、必要以上に可愛がられており、姉が嫉妬するほどだった。周囲に囃し立てられ、何をしても褒めてもらえる環境にいたため、小学生の伊織の自尊心はうなぎのぼり。不満を募らせた姉からの嫌がらせがなければ、その上昇は大気圏を超えて宇宙空間に到達していたであろう。しかし、流石に中学へ上がる頃には冷静な思考が働きはじめ、学業、外見、人間性、どれをとっても、自分はごく平均的であることを自覚する。

しかし、大して優秀でもない息子を、両親は特別扱いし続けていた。

それは、伊織が「共感覚」を持つ人間だからだ。

共感覚（シナスタジア）

二つ、あるいはそれ以上の感覚が同時に起こる経験のこと。通常、触覚・視覚・聴覚・味覚・嗅覚の五感で分かれているが、稀にこれら感覚を同時に感じることができる「共感覚者」が存在する。ピアノの魔術師と呼ばれた作曲家のフランツ・リスト、抽象画のパイオニアであるワシリー・カンディンスキー、詩人のシャルル・ボードレールなど、共感覚者は芸術家に多いと言われている。

自分の息子が共感覚を持っていると知った両親は、「あんたには、天賦の才能がある！　芸術家を目指すべきだ」などと言い出し、伊織に何冊もの本を買い与えたり、ピアノやヴァイオリンを習わせたり、画塾に通わせてみたりして、息子が才能を開花させる日を待っていたが、どれも長くは続かず、身につくものは一つもなかった。

伊織はどれも熱中するほどハマらなかった。無難にこなして終わり。学校の宿題を片付けるのと同じような、右から左へと処理する単純作業。興味が湧くのはむしろ、友達とゲームやアウトドアを楽しみ、青春を謳歌(おうか)することだった。

芸術に触れることで何かが養われた気もしなかったし、何か魅力を見出(みいだ)すこともなかった。やらされたからやっただけ。才能とは無縁。絶対音感を持っているからといって、歌や演奏が得意になるとは限らないのと同じで、結局、本人が自らその芸術にのめり込めなければ意味がないのだ。

「宝の持ち腐れ」と、姉の織香がよく罵っていた。

織香の言葉は、伊織の頭の中を支配し続けている。何の才能も魅力もないくせに、共感覚者というだけで特別扱いされ、そこにあぐらをかいている。そんな風に揶揄する織香を鬱陶しく思うが、間違ってはいないので反論はできない。

伊織にとって共感覚はコンプレックスでしかなかった。このコンプレックスを克服したかったので、伊織は都内の美術大学を受験した。美術を選択した理由は、芸術分野の才能があると信じてやまない両親の期待に応えたい思いが半分。音楽や文学よりも絵の方が簡単そうな気がしたという、世間知らずで子供じみた発想が半分、である。

受験前は画塾に通い、デッサンと油彩画を必死で勉強した。高校三年生の半年は、高額な画材道具を親に土下座して買ってもらい、高校の授業が終わるとすぐに予備校へ行って、毎日描いていた。自分なりに努力をして上達したと感じていた。しかし、自尊心高めの幼少期を過ごした伊織は、自分に満足するとすぐにそこへあぐらをかいてしまう癖があった。予備校でも上位に入るレベルになったので、自分は美大には入れるだろうと高を括っており、どうせ行くなら国立大学だ！　なんて夢を見たりして、推薦入試の類は一切受けず、一般入試で国立一校と私大四校に願書を提出したのだ。

しかし、実際の受験会場で、伊織はその実力差に愕然（がくぜん）とした。

美大の実技試験は、学科試験と異なり、他の受験者の制作過程が見える。両隣は常に丸見えだし、椅子から立ち上がってイーゼルから離れ、遠くから構図等を確認する際には、さらにその周りの人の絵も見える。みんな、伊織の想像を超えた技術を持っていた。受験時間内でその実力差を埋めるのはほぼ不可能。何をどうしようと、ごまかしでしかない。周りの受験生に圧倒されて焦った時点で、伊織は敗北していた。田舎にこもっている世間知らずの自分を呪ったが、時はすでに遅かった。

結局、最初は受験したどの大学からも合格通知はもらえなかった。

しかし、補欠繰り上げによる合格の電話を受け取ることができたため、なんとか浪人を逃れ、大学生になることができたのだった。


最寄駅（もよりえき）を降りて十分ほど歩くと、雨が伝った痕が薄墨のように浮かぶ、鉄筋コンクリート造が現れる。その壁面には、青々とした蔦（つた）が幾重も絡みついている。鉄製の庇（ひさし）やベランダの柵は塗装が剝げて、赤錆（あかさび）色に変色していた。随所にトタン板で補修した形跡のある、この古い建物が、伊織が住んでいるアパートだ。

自室に帰ってきた伊織は、冷凍していたおかずと白米を電子レンジに突っ込む。晩ごはんが解凍されるまでの間に、格子の引き戸をギシギシと開けて、洗濯物をベランダから取り込む。そして、ベランダの手すりに巻きつき始めた蔦を、専用のハサミで手早くカットする。切り取った蔦をゴミ袋にまとめて室内へ戻ると、卓袱台(ちゃぶだい)にラップトップを置いて、動画サイトの楽曲リストを再生。音楽を聴きながら、服をたたみ始める。二着目に手を伸ばしたところでレンジが呑気(のんき)な電子音を奏でたので、食事の準備を始める。

どんぶりに解凍したご飯を盛り、その上にチンジャオロースをかける。洗い物を極力減らし水道代を浮かせるため、器は一つしか使わない。スプーンを咥(くわ)えながら卓袱台へ戻ってきたところで、スマホが振動し始めた。

雄大からの着信だった。動画の音を切り、受話器のマークをスライドする。

「どうかした?」

「沢渡、今日は忙しいのに付き合わせて悪かったな。先に帰っちまったから気を悪くしたかと思って。なんかすまないな」

「いいや別に。変なサークルだなって思っただけで、気を悪くしたなんてことは全然ないから、謝らなくていいって」

全然ないというのは嘘(うそ)かもしれない。あの矢代邦彦という美青年には何かがバレてしまった気がして落ち着かない。

「そうか？　いや、それなら良かった。そそくさと帰っちまったから、怒ってるのかと思ったよ」

伊織は思い切りチンジャオロースを頬張り、咀嚼しながら首を傾げる。

「ん、っていうかさ。ごほっ。結局、今日は何の用事で部室に行ったの？　ぐふっ」

戸棚からグラスを取り出し、冷蔵庫を開いて烏龍茶を注ぐと、いっきに飲み干す。

「あー、いや。そのさ。実は俺、気になる人ができてさ」

「え、もしや矢代さん？」

「違う」

「そうか」

「矢代さんと親しい人なんだ。だから、その人のことを矢代さんから聞き出したかったんだよ」

「なんで俺が必要だったんだ？」

「いや、一人じゃちょっと勇気がなかったっていうか。なんか、あからさまにその人のこと聞き出そうとしてるのって、イヤらしいだろう？　でも、俺が自分の友達を連れて行って、友達の話をするついでに、矢代さんの友達のことも教えてくださいよ〜

みたいに、話の流れを自然に作れたら良いと思ってさ。分かるだろ？」

「俺をダシにしようとしたわけね。さっさと帰っちまって悪かったな」

「いや、本当に、お前帰るの早すぎ！　想定外！　結局何一つとして聞き出せなかったわ。まあ、何も説明してなかった俺が悪い。だからしょうがない。なんつーか、気恥ずかしくて言いづらかったんだ。だから、次は協力してくれ、頼む！　な？」

　伊織はため息を吐く。

「バイトが無い日だったら、もっとゆっくりできると思う。そん時にでも」

　通話を終えると、晩ごはんを平らげてもう一度烏龍茶を飲む。

「俺がいたところで、イヤらしいのは変わらない気がするけど……？　正直に聞いた方が早いのに。回りくどい奴」

　伊織は小さく笑うと、再び洗濯物の片付けに取り掛かった。

　川辺雄大は、ガイダンスの時に伊織に話しかけてくれた同級生だ。滑り落ちる寸前で拾い上げられて入学した伊織は、入学する前から不安を抱えた状態だったため、新たな環境に目を輝かせる他の学生と違い、やや暗い表情をしていた。田舎から上京し、初めての一人暮らしが始まったことも、伊織の心を不安定にさせていた。そんな、どこかぎこちないオーラを放っていた伊織の様子など気にせず、一人で座っていたからという理由だけで話しかけてくれたのが雄大だった。

雄大は明るく元気だが、意外と気弱で、間抜けなところがある。伊織はそんな雄大に振り回されることが多いが、彼は伊織に害を加えないので、快く付き合うことができている。大学にいる時間以外はバイト三昧の伊織にとって、雄大のような気楽な人間がいてくれることは心の支えだった。

洗濯物はたためたが、結局レポートは手付かず。シャワーを浴びた伊織は、仮眠を取るべく目覚ましをセットして、布団に横たわる。

「疲れたな」

つい、本音が溢れる。

本当はこのまま朝まで眠りたいが、そうもいかない。

沢渡家はけして裕福ではない。それなのに姉弟揃って上京したので、家計は逼迫している。貸与型の奨学金制度を利用できているが、生活費を工面するだけでも厳しい。東京は家賃が高く、伊織が借りているアパートは月六万円。そこに光熱費などの費用を七万円前後支払わなければならない。もっと安価に借りられる学生寮や格安物件はあったが、伊織は合格したのが遅かったため軒並み他の新入生に取られてしまったのだ。学費は親が負担してくれることになったが、それ以外を負担することは厳しいと言われたので、伊織は家賃とその他生活費、絵を描くための材料費を賄うため、コンビニ店員と夜勤警備員のバイトを掛け持ちしている。


目を閉じても眠れない。

ただでさえ実力不足の状態で入学したのに、働いてばかりいるわけにはいかない。けれど、働かなければ学生生活が維持できない。

もっと勉強しなければと思うけれど、疲労が溜まると気力が続かない。

毎日をどうにかやり過ごすので精一杯で、成果を全く出せていない。

充実とは程遠い生活。こんな生活を続けることに、何の意味があるだろうか？

伊織は瞼を開ける。目に映るのは黄ばんだ天井だが、彼は果てない闇を見ている。

「休学した方が良いかも。いや、休学しても学費の半額は取られるから、退学か？」

ふと、一枚の名刺のことを思い出す。邦彦から手渡された紅茶専門店の名刺だ。

伊織はベッドから起き上がり、カバンから名刺を取り出す。名刺にしては少し分厚く、ややざらついた質感。敷居の高い高級店ではなさそうだが、わざわざ紙質やロゴを選定しているところに、店主のこだわりを感じ取れる。

　伊織は、端に印字された二次元バーコードをスマホで読み取ってみた。トップページには、表示されたのは、紅茶専門店アルデバランのウェブサイト。トップページには、様々な種類の紅茶が金額と一緒に表示されていた。

「うーん、ただの紅茶の通販サイトだよな、これ」

　伊織はスクロールして、次から次へと出てくる茶葉を眺め、眉を顰（ひそ）める。

「俺、紅茶なんて飲まないもんな。つーか、そんなもの嗜（たしな）む金はないっての！」

　伊織はベッドにスマホをぶん投げ、自分も寝転がる。

　変に期待していたせいで、ちょっと泣きそうになってきたので、瞼を強く閉じて、その感情を胸の奥底へと沈めるのだった。


　バイト帰りの明け方、凝った首を回しながら郵便受けを開けた伊織は固まる。

「え、これって」

　手書きで宛名が書かれた封筒。一見すると普通の便りに見えるが、裏面に記載された送り主の情報を目にした途端、伊織は青ざめる。

　封筒を送ってきたのは、アパートの大家だった。

　すぐさま開封する。手書きで記されていたのは家賃滞納のお知らせ。先月分が未納だったようだ。

「しまった！　すっかり忘れてた」

急いで銀行のアプリを起動して、振込処理を行う。大家が自主管理しているこの物件では、家賃は毎月、居住者が銀行に振り込むことになっている。そんな毎月の重要事項を忘れていた自分に心底呆（あき）れ、肩を落とす。

伊織はため息を吐きながら、床に座り込んだ。

深夜バイトのせいで、首も背筋も凝り固まり、足は棒のようだった。

心身ともにボロ雑巾みたいな状態で、大学に行って授業を受けて、何になるというのだろうか？　絵で食べていくなんて一握りの天才でない限り無理だとか、美大なんてプー太郎の量産をしているだけだとか、そんな冷たい意見を聞いたこともある。入る前から他の人間よりも出遅れている、絵の才能なんて微塵（みじん）もない自分が、四年間大学にいられたところで、何ができるだろうか？

才能のない自分は、何をどこまでしても、何も成し遂げられないのではないか？

今のこの生活に、どんな意味があるだろうか？

この状況は、もう限界だという、神からのお告げではないだろうか？

おとなしく田舎に戻って、就職して結婚して、親孝行するべきではないだろうか？

「何かを成し遂げることが、親孝行にもなるって信じていたんだけどな……」

天才だと褒め称え応援してくれた両親のためにも、自分は美術を頑張りたいと思っていた。けれど自分は所詮、庶民の家に生まれた平凡な人間。共感覚を持っているからといって、特別なことができるようになるわけではない。

「情けねーな、俺……」

考えていたら無気力になってきた。冷たい床に精気を吸われてしまって、立ち上がれない。足腰が鉛のように重くて、膝を曲げることすら億劫。

朝日が、そんな伊織のことを容赦なく照らしていた。

ふと目が覚める。時刻は午前十時。三時間も床で寝てしまっていたようだ。

「起きないと……！」

伊織は立ち上がる。三限が始まるまでには大学に到着することを目指し、急いでシャワーを浴びた。

ドライヤーで髪を乾かしている際に、このアパートの大家のことを思い起こす。お世話になっている人に対する礼儀として、今回入金が遅れてしまったことを謝罪するべきだと思ったのだ。不動産屋から聞いた話だと、大家はアパートの隣に住んでいるとのことだった。入居時は大家が不在だったので、一度も会えていない。

「夜だったら、きっといるよな。訪ねてみるか」

伊織は大学の帰りに、大家を訪ねることにした。


夜が訪れた。

建物の輪郭は闇に紛れていて、洋服のボタンみたいに配置された街灯が、濃紺の街を仄(ほの)かに照らす。道路に染みた汚れも、壁に刻まれた罅(ひび)も、電柱に残る車のミラーが擦った痕も、塀の上を歩く猫も、街灯の周りを飛び交う羽虫も、すれ違う人の表情も、すべてが紺色のベールに包まれてしまって、よく見えない。暗い街の不穏な空気を多くの人は恐れるが、伊織にとっては、この不透明さは丁度良いものだった。

余計な色を見ないで済むからだ。

自分の特異さを意識せずに済むからだ。

アパートに辿(たど)り着(つ)く。しかし今日は、自宅へ戻る前に寄るところがある。

封筒に書かれた住所は、このアパートの隣。アパートの前を通過した先にある。普段伊織が足を運ばない方向だった。自分が入学以来、大学と自室とバイト先、駅前のスーパー以外には殆ど出歩いていないことに気がつく。お化け屋敷(やしき)みたいなアパートの前を通過すると、十字路に差し掛かる。左へ強く曲がったヘアピンカーブで、角の部分は木が植えられているので、どんな建物があるのかまるで分からない。木の種類を見るつもりで顔をあげた伊織は、その奥に立つ小さな建物に釘付けとなった。曲がる際に、伊織の左腕の袖に、やや尖った木の葉が絡みつく。

封筒の住所を見る。この場所で、間違いはなさそうだ。

古びた白壁の二階建て。褐色の木材で設えた弓形出窓と入り口扉。伊織が住むアパートと同じくらい古びているが、アールデコ風なデザインのためか、大正ロマンな空気が漂っていて好感が持てる。扉の近くに遠慮がちに立てかけられた看板を見て、伊織はハッとする。

紅茶専門店アルデバラン

磨りガラスの窓から橙色の明かりが漏れていて、それが伊織の足元を染めていた。

伊織は煉瓦で組まれた階段に足をかけ、把手に手をかける。黄金色の冷たい把手に触れた指は、緊張で震えていた。伊織は深呼吸をして、自分を落ち着かせる。

思い切り扉を押すと、上部に取り付けられた鈴が軽やかに鳴り響いた。ギシッと板目張りの床を踏んだと同時に、秋の山を連想するような、植物の甘い香りが鼻を掠める。薄暗い店内にはシンプルなデザインの木製家具が並び、天井からは数カ所、裸電球がぶら下がっている。壁際の戸棚にはぎっしりと紅茶缶が収まっていた。テーブルの上などに置かれた調度品も、他の家具と同様に装飾のないシンプルなもの。アールデコ風な外装に比べ、室内に並ぶものはどれも、シェーカー教徒の家具のように、色味が少なく手作りの風合いのあるものが揃っていた。

店内の奥にカウンターがある。こげ茶色のカウンターの奥は、壁一面が格子状の棚になっていて、何種もの茶葉が収まっている。と、その時、カウンターを挟んだ向こう側に違和感を覚える。ステンレスのシンク越しに、誰かがしゃがんでいるようで、黒い頭髪が見え隠れしていた。

「あの、すみません」

声をかけるが、何か片付けのようなことに夢中になっているようで、全く反応がない。伊織はカウンターへ近寄り、首を伸ばして、向こう側でしゃがむ誰かを覗き込む。

「すみません！」

ようやくその人は動きを止めて、すっくと立ち上がった。

緩やかなウエーブの長髪を揺らし、その人は伊織の方へ振り返る。白いブラウスに黒いエプロンを着ていて、人形のように小顔でスラリとした体格の女性だった。細い黒髪が、揺れる水面のように優雅に艶めく。髪型は額が見えるワンレングス。雪のように白くて小さな顔の周りを、くるりとした黒髪が優雅に装飾している。柳眉の下に覗く瞳は明かりを携えているが、長い睫毛に覆われているせいで、影を見つめているようにも見えた。

背筋を伸ばして立つその美しい女性は、ぼんやりと立ったまま黙っている伊織を、大きな瞳で見つめ返す。

「お客さん？」

小ぶりな唇からは、透き通ったアルトの声が発せられた。

「ええと、多分……」

来店した人間に向かって、「お客さん？」と聞くなんて、随分と間が抜けた人だ。伊織が戸惑っていると、彼女はその小さな顎を人差し指で撫でながら、小首を傾げる。

「予約はなかったはず。紅茶を探しに来たのかしら？　このお店、予約客以外が来ることって滅多にないから、あなたが来たことに気がつけなかったわ。ごめんなさい」

「あ。いいえ、そんな。ええと、僕は隣のアパートに住んでいる、沢渡という者です。大家さんを訪ねようとして、ここに辿り着いたんですが……。ここって、紅茶屋さんですよね？」

彼女は両肘をカウンターについて、身を乗り出す。

「そうよ。だけど、大家の住所にもしているわね」

「えっ。つまり？」

彼女はくすりと笑う。

「私が大家の椿紅透子です。ここの店主もしています。よろしく」

透子は伊織を見上げ、透き通る青灰色の瞳でじっと見つめてくる。

伊織は一歩下がって、彼女と対峙する。家族以外の女性と会話することがあまりないので、気分が落ち着かない。

「とりあえず、座ったらどう？」

伊織はハッとして、慌てて頭を下げる。

「今日は、家賃の支払いが遅れてしまったことで、お詫びを申し上げたくて来たんです。ご迷惑をおかけして、すみませんでした！」

伊織は足元に視線を落とし、深く頭を下げた。

「わざわざありがとう。あなた、春に越してきた沢渡伊織くんね」

伊織の頬が熱くなって、目の前がワインレッドに染まる。

「そ、そうです。この度は本当に、本当に、すみませんでした」

恐る恐る顔を上げて、もう一度透子を見る。彼女は怒ることも責めることもなく、その魅力的な瞳でじっと、伊織を観察していた。

「時間はある？」

「え？　はい」

偶々（たまたま）、今日はバイトが無い日だった。

「家賃が入金されたことはさっき確認しているから、安心して良いわよ」

「あの、次からはまた、期日までに支払いますので」

「そう。じゃあ、その言葉を信じるわね」

透子は、戸棚から木箱を出して、そっと蓋を開ける。出てきたのはバウムクーヘン。それを彼女は、白マット釉（ゆう）のシックなプレートに盛り付ける。

「うん、微（かす）かなレモンの香りが素敵。せっかくだから一緒に食べましょう？」

伊織は静かに腰を下ろす。

「あのアパートはどう？　戦後の建物みたいでしょ？　本当は建て直そうかと思っていたんだけど、昭和初期を思い出すからやめてくれって言う人が意外と多いの。同潤会アパートって知っているかしら？　あれと似ているんですって。だから、水周りの整備と耐震工事だけして、あとは古いままなのよ」

「それであんなに古いんですね。正直、蔦を切らなければならないのは、ちょっと手間です」

「うーん、やっぱりあの蔦、無くすべきよねぇ。なぜか住んでいる人たちの多くが反対するのよ。レトロ好きの集まりなんでしょうね」

「レトロ好き。そうなんですね」

「好き」という言葉に、伊織の心はなぜか引っかかりを覚えた。骨格研究会で邦彦が淹れた紅茶を雄大が褒めた時にも感じた、言葉にし難い感覚だ。

「あなたは、レトロ好きだから来たってわけではなさそうね？」

「はい。なるべく家賃が安いところに住みたかったんですが、ここよりも安いところは全部埋まっていたんです」

「そう。金銭面で苦労しているのね」

伊織は唇を噛む。こんな話をするために透子を訪ねたわけではない。けれど、沢山の言葉が頭の中に湧き出てくる。理性で堰き止めたのに、緩んだ口元からするするとこぼれる。

「田舎にいた時はなんとも思わなかったんですけど、上京したら、うちの家ってそんなにお金ないんだなって、気がつきました。俺がバイトして生活費稼いでいる間、他の学生は作品作ったり、展覧会観に行ったり、友達や彼女と遊んだり、有意義な日を過ごしている。俺はただでさえ才能ないのに、バイトバイトって忙しくしているばかりで、本来やるべきことができないでいる。生活を変えなきゃいけないってことは分かってます。バイトしながらでも、学業に集中するための生活スタイルを自分で考えなきゃいけないって、分かってるんですけど、なかなかできなくて。俺の努力が足りないのは分かってるんですけど。疲れちゃって。ははっ」

言い終えた瞬間に伊織は後悔した。初対面の人に弱音を吐くなんて、みっともない。透子は呆れたにちがいない。この店から早急に立ち去りたくなった。

透子は不思議そうに、伊織の顔を覗き込んでいた。

「どうして、学業に集中しなければいけないの？」

彼女の質問が、一瞬理解できなかった。

「どうしてって、だって、大学生だから」

「どうして大学生だと、学業に集中しなければならないの？」

「だって、大学は学ぶ場所じゃないですか」

「学ぶ場所と決められているからって、それに集中しなければならないなんてことはないと思うわよ？」

伊織は言葉に詰まる。透子が何を指摘しているのか、まるで分からない。

透子は、上目遣いで伊織を見つめる。

「聞き方を変えましょう。沢渡くん、あなたは何を求めているのかしら？」

伊織は混乱する。当然だが、「お金が欲しい」なんて答えは求められていない。透子はもっと、根本的なことを聞いている。では、どう答えることができるだろうか？

美大を志した理由は、共感覚を生かせるのは芸術だと思ったからだ。自分が持っている能力を発揮できれば、きっと人生が楽しくなる。そんな予感がしたからだった。だから大学ではしっかり美術を学んで、自分の表現を確立させる必要がある。つまり、学業に集中する必要があるのだ。しかし伊織は、これを透子に語る気になれなかった。

そもそもなぜ共感覚を生かそうとしているのか？　それを考えた時に浮かぶ答えに、迷いがあるからだ。親が期待しているからだとか、バカにしてくる姉を見返したいからだとか、いろんな言い方ができる。しかし、どの回答も的確ではないように思える。

「俺は、ちょっとだけ変わっているみたいで。それを生かせるのは美術だと思ったんです。だから、アーティストになりたい。それが、俺が求めていることかと……」

伊織はなんとか、会話を続ける。

透子はカウンターについていた肘を引いて、姿勢を正した。

「素敵な目標を持っているじゃない。それなら、バイトで忙しくて学業に集中できないなんて現実は、一旦忘れちゃいましょう」

「へ？」

突拍子のない台詞に呆気にとられる伊織をよそに、透子は背を向けて戸棚を探り、数種類の茶葉を取り出して見比べ始める。

香りを嗅いだり、葉っぱの様子を観察しながら、彼女は再び会話を始める。

「沢渡くんは変わっているのね。一体、どんなところが変わっているの？」

「えっと、僕は、人の感情が色で見えるんです。怒っている人とか悲しんでいる人とか、喜んでいる人とかを見ると、同時に色が見えてくるんです」

「それって、共感覚のことかしら？　凄いわね。話さなくても、その人の感情を色で理解できちゃうなんて、素晴らしい才能だわ」

「素晴らしくなんかないです。俺の目を知った人は、みんな気持ち悪いって言って、離れていきます。普通じゃないですから。多分、頭おかしいんですよ、俺」

「そんなことないわ。以前来店したお客さんには、怪異が視える学者さんもいたもの。他人と全く同じように世界を見ている人なんて存在しない。人はみんな、自分なりの見方で世界を把握しようとしているものよ」

透子は首を傾げたり、頷いたりして、しばらく茶葉と押し問答していたが、やがて何か閃いたのか、花が開いたような表情を見せた。

「そっか。沢渡くんは、自分が見ている世界について知りたいのね」

目の前に差し出されたのは、「Earl Grey」と記された白い紅茶缶だった。

透子は白磁のティーポットとカップを取り出すとそこへお湯を注いだ。

少し置いて、茶器が温まると、彼女はお湯をシンクへ流し、顔を上げた。

「アールグレイは知っている？」

「知ってます。飲んだこともあります。僕が飲んだのは、安い、ティーバッグで淹れるやつですけど」

「うん。きっと多くの人は飲んでいると思うわ。どんな紅茶だったか覚えてる？」

透子はポンッと缶を開けて銀色の袋を取り出すと、袋を閉じているクリップを外し、スプーンを突っ込む。

白磁のティーポットに茶葉が入っていく様子を見ながら、伊織は唸る。

「うーん、最後に飲んだのがいつか覚えていないので、ちょっと思い出せないです。でも確か、アールグレイって柑橘系の香りがするんでしたよね」

「そうね。通常、お茶の香りは茶葉が持っている自然のものだけど、アールグレイの場合は、茶葉に人工的に香りづけをしているの。だから、正確にはフレーバードティーと言うの。そして、このアールグレイが作られたきっかけは、中国茶なのよ」

伊織は眉根を寄せる。

「紅茶といえばイギリスのイメージですけど、中国なんですか？」

質問をしてすぐに、中国とイギリスの間で起きたアヘン戦争の原因に、中国からの茶の輸入が関係したことを思い出して、伊織はハッとした。

透子は沸いたばかりのやかんのお湯を、ティーポットに注いでいく。

「お茶の起源は中国よ。緑茶、烏龍茶、紅茶の茶葉となる茶の木は、中国雲南省からチベットにかける山岳地帯が原産なの。でも、沢渡くんの言う通り、アールグレイという名前は、イギリスの首相だったグレイ伯爵からとったものよ。彼が指揮する外交使節団が中国人官吏の命を救った際に、お礼の品として、中国で飲まれている伝統的な着香茶を受け取ったの。グレイ伯爵はこのお茶が大層気に入ったので、茶商に命じて同じようなお茶を作らせた。そうして誕生したのが、アールグレイよ」

熱い湯を入れ終えると、透子はティーポットの蓋を閉じる。白磁のポットから白い湯気が漏れ出ている様子を眺めながら、伊織はこのありふれた紅茶について考える。

誰もが飲んだ事のある紅茶とは言っても、おそらく、元祖の中国茶とはまるで別物だろう。グレイ伯爵が作らせた紅茶とも異なる気がする。なぜなら、市販で買ったアールグレイにそこまで感動をした覚えがないからだ。なんというか、誰もが想像した通りの、赤茶色で、レモンっぽい匂いがするようなしないような感じの、葉っぱの苦味がある、ごく普通の紅茶だった。

このアールグレイは、これまで伊織が飲んだものとは違うのだろうか？

「沢渡くん、アールグレイに興味が出てきたかしら？」

透子に見つめられて、伊織はギクリとする。

「スタンダードな紅茶だけど、どこの産地のどんな茶葉で作られているかで、アールグレイの味や香りは結構変わるのよ。ありふれているからこそ、バリエーションが豊富なのね。だから今回は、その中でもクラシックなものをご馳走（ちそう）するわ」

透子がティーカップに紅茶を注いだ。

慇懃な動作で差し出されたティーカップを、伊織は恐る恐る覗き込む。

不安だった。自分の乏しい味覚が、この紅茶の味を理解できるとは思えなかった。

澄んだ琥珀色の液体を覗き込んだその時、湯気が顔面にふわりとのぼってきて、鼻腔を温めた。レモンっぽさやオレンジっぽさはあまり感じない。

これはなんだろうか？

伊織は困る。なんだか、うまいことコメントしなければいけない気がして、必死で考える。だけど分からない。とりあえず、気合を入れて一口飲んでみた。淹れたての温かい紅茶は、口の中に優しく浸透していった。苦味や渋味は一切ない。包み込むような優しい甘さが舌に広がり、バイオレットブルーの靄で視界が埋め尽くされた。

伊織は山頂の草原を思い出した。強い陽光に照らされているけれど、足元は湿っている。湿気で匂い立つ草木と一緒に感じるのは、ほんのりとした柑橘っぽさと花の蜜のような香り。

「バイオレットブルー……」

伊織のつぶやきに、透子は目を瞬かせる。

「それは、何の色？」

透子に質問されて、伊織は我に返る。バイオレットブルーの靄が、瞬時に霧散した。

「すみません。飲んだ瞬間に菫のような色が見えたので、つい口にしてしまいました」

「それは、私の色なのかしら？」

伊織は目を凝らす。透子からは、何も見えない。

飲んだ瞬間に見えたバイオレットブルーは、透子のものではない。

「いいえ。僕の色です。紅茶を飲んだ時に感じた、僕の感情の色なんだと思います」

伊織は後頭部をかいて、うなだれる。

「このアールグレイをどうコメントすればいいか考えていて、説明しようとしていたら思わず、見えた色を言っていました。バイオレットブルーなんて言われても、何だかさっぱり分からないですよね」

「へえ。沢渡くんは自分の色も見えるのね」

伊織はハッとする。

自分の色を見ることもできるという事実を、伊織は無視していた。道端の石ころのように、自分自身が発する色は、視界に入ってもなるべく意識しないように努めた。日常の風景に溶け込ませ、無いものと見なす努力をしていた。自分の感情の色をいちいち気にしていると、現実を生きる上では邪魔でならないからだ。

子供みたいに我儘（わがまま）を言えば、大人が何とかしてくれる時期はとうに過ぎている。

自分のどんな色が見えようとも、他人にとってはそんなものは存在しないのと同じ。他人にとっては至極どうでもいいこと。気にしたところで、何の意味もない。だから見なくて良い。見えても見えないと思えば、見えなくなる。

だけど実際は、色は常に見えている。

透子もアールグレイを一口飲んで、満足そうに口角を上げる。

「私が淹れたのは、キームンアールグレイという紅茶。アールグレイのベースにはインドのダージリンが使われることが多いんだけど、このアールグレイでは、中国西部の安徽（あんき）省祁門県（しょうきーむんけん）で栽培されている、キームンという紅茶をベースにしているの。グレイ伯爵がもらったお茶も、キームンベースだったと言われているから、元祖と近いのよ。スモーキーな香りと花のような甘い香りのキームン。そこに添えられたベルガモットが、爽風のように漂ってくる。酸味と甘みが綺麗（きれい）に調和した味わい。なんだか、瑞々（みずみず）しい葉が茂る夏の山にいるみたいな、晴れやかな気分になれる紅茶なのよ」

透子の表現は、伊織がイメージしたものと似ていた。

「俺もこのアールグレイを飲んで山をイメージしたんですが、産地と関係があるんでしょうか？」

「あるわよ。土壌によって、味わいに個性が表れるの。お茶も人と同じで、品種や育った環境で味や香りが変わるのよ」

人と同じ。

伊織はふと考える。

なぜ透子は、伊織にキームンアールグレイを出したのか。

彼女はスタンダードなアールグレイにも、様々な種類があることを教えてくれた。

ルーツや誕生秘話を語りながら、元祖に近いキームンアールグレイを出してくれた。

「あの。どうして僕に、こんな素敵な紅茶を淹れてくださったんですか？」

透子は黒髪を揺らして、微笑んだ。

「アールグレイの名前は知っていても、どんな紅茶なのか知らなかったでしょう？それと同じように、沢渡くんは自分のことを知ることができていないのではないかと思ったの」

伊織の心臓が、針でも刺されたみたいに痛んだ。

見ないようにしていた色を、いよいよ無視できなくなる。

オイルグリーンが見えてくる。さっきのバイオレットブルーも少しだけ。

自分のことを無視していたのは、天才と同じ能力を持っているというプレッシャーから逃れたかったからでもあるし、誰とも分かり合えない現実から逃れたかったからでもある。色と感情が連動しているから、自分の感情について考えることも怠るようになっていった。

気が付けば、自分は何が好きで何が嫌いなのか、そんな些細なことすら分からなくなっていた。感動しないのだ。何を見ても、何を食べても、どこへ行っても、心が動かない。世界は灰色で、自分はペラペラな棒人間のようだった。

やがて、物事の判断を他者に委ねるようになっていった。親が褒めるからとか、姉を見返したいだとか、そんな考え方ばかりが先行していって、自分の意思が弱くなっていった。

透子が指摘する通り、伊織は、自分のことをあまり分かっていない。

自分で自分を封じ込めることしかできない、弱虫で臆病な人間。

「なんで分かったんですか？」

「あなたは、周囲の人や、置かれている環境、客観的に見た自分や、世間一般で語られる大学生のあり方などを話すばかりで、自分の意見や考えを語らなかったからよ。多分、あなたは自分自身のことを、あまり理解していないんだろうと思ったわ」

伊織は顔を歪めた。僅かな言動だけで見抜かれてしまったので、ひどく動揺している。

何か言わなければならないと思うが、口が震えて言葉を発せない。

すると、透子がカウンターを回って、伊織がいる客席側へと歩いてきた。

緩やかに巻かれた黒髪を揺らし、優雅に歩み寄ってくると、伊織の隣に座って肘をつく。彼女は蠱惑的な青灰の瞳で、怯えた犬のような伊織を見つめる。

「ねえ沢渡くん。あなた、ここで働いてみない？」

予想外の発言に、伊織は反射的に顔を上げた。

けして着飾ってなどいないのに、間近で見る透子はルノワールの絵画のように華やかで美しかった。

利発さと可憐さを持ち合わせた美人は、猫みたいに得意げに微笑む。

「ここで働いてくれたら、お給料も出すし、あなたの家賃を少し安くしてあげる」

伊織は開いた口が塞がらなかった。

なぜ、透子はこんな提案をしてくるのか？　話の流れが摑めない。

「な、なんでですか？　どうしてそんな話に？」

透子は口角を上げて、クスクスと笑う。

「その方が少しは生活が楽になるでしょう？　楽になれば、沢渡くんは自分のことを考える時間が作れるじゃない」

「いやっ、そうですけど。でもなんでそんなことしてくれる気に？」

どぎまぎして落ち着かない伊織は、姿勢を正そうと足を動かした際に、自分の膝を透子の膝にぶつけてしまい、それに驚き勢いよく立ち上がってしまった。

透子もゆっくりと、伊織に合わせて立ち上がった。小顔だから気づかなかったが、思ったよりも彼女の背は低い。伊織の顎下くらいまでしかなかった。

透子が顔を上げた。

「バイオレットブルーが、どんな感情を示す色なのか気になるからよ」

そして透子は、扉をノックするように、手の甲を伊織の胸に当てた。

「それからね。私は、自分の人生を豊かにするためには、自分を取り囲む人も豊かである必要があると考えているの。人は、周囲の人たちから影響を受けるからね。だから沢渡くん。私のそばにいるあなたにも豊かな人生を過ごしてほしいの。あなたはここでアルバイトをしながら、ここに来る様々なお客様を観察してみるといいわ。そうすればきっと、あなたも自然と、自分自身を見つめることができるはずよ」

見えないふりをすることはやめようと思った。けれど今は、見ない方が良いかもしれない。なぜって、浮かれた色をしているに違いないからだ。閉じきっていた伊織の心をノックしてきた透子に対して、自分が何を感じたかなど自覚したくない。

視界をピンクが覆っていく。いや厳密には、この色はレッドスピネル。だなんて考察をこれ以上しないために、伊織は目を閉じて深呼吸をして、心を整えた。

「ぜひ、働かせてください」

第二話　セイロンティー

織香：家賃が半額って、一体どんな手を使ったわけ？　しかも、その大家がやってる店でバイト？　あんたって色仕掛けとかできちゃう人だったの？　こっちは毎日バイトと課題と就活で大忙しなのにずるい！

姉の織香からのチャットを見て、伊織は噴き出してしまった。

織香は、伊織と同じ大学の写真学科に通う四年生。現在は就職活動中で、卒業したら東京で働くことを目指している。彼女は何としてでもこの目標を達成し、親の負担を軽減してみせると豪語していたが、その一方で、透子という女神のような大家と巡り会ったことで難を逃れた弟に嫉妬していた。

伊織：色仕掛けなんかできるわけないだろ。大家さんが親切な人だったんだ。

織香：親切にも程がある！　その大家って女でしょ？　年下の男が好きなんじゃない？　狙われているんだね。そうやって簡単に他人を信用して、変なことに巻き込まれても知らないから！
伊織：透子さんはそんな人じゃないよ！
織香：透子さんって！　下の名前なんかで呼んじゃってヤラシー！

　伊織はスマホの画面をテーブルに叩きつけて、カフェで買ったメロンパンを頬張る。

　織香が伊織に攻撃的なのはいつものことだ。幼い頃から悪口を言われ続けていた伊織には、何を言われようと揺らぐことのない鉄壁の精神が築かれている。と、思っていたのだが、透子を悪く言われた途端に、鉄壁はいとも簡単にひしゃげた。

　透子はアルデバランで伊織を雇う際に、「椿紅」という苗字は、響きも微妙だし、あまり気に入っていないから、「透子」と呼んでほしいと言った。そんな事情も知らずに「ヤラシー！」などと揶揄してくる姉に怒りを覚える。

「面と向かって話していたら、水ぶっかけてたかも」

　眉間に皺を寄せながらメロンパンを食らう伊織の視界の端に、雄大が入り込んだ。大学のカフェで休んでいる伊織に気づくと、彼はとれかけたパーマ髪を揺らして、駆け寄ってくる。そんな彼を目にした伊織はギョッとした。

レッドスピネル

雄大からは、真紅にほんのりピンクが混ざったような色、レッドスピネルの煙が立ち上がっていたのだ。

「沢渡！　ここにいたのか、探したぞ」

「探さないでくれ、俺は静かに休憩したいんだ」

「そんなつれないこと言うなよ。お前だけなんだ、悩みが相談できるのは」

「悩みを聞くのも体力がいるんだよ。どうせ、例の気になっている人のことだろう？」

雄大が気になっている人というのは、骨格研究会の部長、矢代邦彦の知り合いだ。雄大は邦彦から意中の人の情報を聞き出そうとしているが、気弱な性格な故、未だに何一つとして聞き出せてはいないそうだ。

雄大は伊織の隣に座ると、「とにかく聞いてくれよ」と懇願し、勝手に話し始めた。

「二週間くらい前のことだ。部室に向かっていたら、廊下で矢代部長が女の人と話しているのを見かけたんだ。長い黒髪の綺麗な人でさ、一目見てこんなに気になったのは初めてだった！　二人はすぐに別れて、矢代さんは部室に入っていった。女の人はそのままどこかへ行ってしまいそうだったから、俺はその人のところに走っていって、名前教えてくださいって言ったんだ」

ホットコーヒーを飲んでいた伊織は咳き込む。

「いきなり名前を聞いたのか？」

「ちゃんと名乗ってから聞いたぞ。サークルに興味持ってる人だったら、すぐに仲良くできるんじゃないかと思って」

「碌にサークル行ってない癖に、よくそんなこと思えるな」

「たまに行ってるから別にいいんだよ！ で、だけど、その人は急いでいたみたいで、下の名前だけ言って、走っていっちゃったんだ」

伊織は片眉を上げる。

「普通、苗字を言うよな」

「うん。そうだよな」

「何て名前の人なんだ？」

「紅子さんって言うらしい」

雄大はため息交じりに答えた。

「紅子さん、ね」

長い黒髪の綺麗な人。

伊織は雄大から目を逸らし、深く考え込んだ。

✷

紅茶専門店アルデバランは、予約客のみを迎えている喫茶店。伊織が訪れた日は、たまたま透子が仕込みに訪れていたから開いていただけであり、本来、予約が入っていない日は閉まっているそうだ。

では、予約はどのように行われるのか？

それは、伊織も一度は訪れた、アルデバランのウェブサイトから、やや変わった方法で行われていた。短気な伊織は、ウェブサイトをサラッと見ただけで閉じてしまったので、予約のためのとあるページに辿り着けなかったのだ。

大学から帰った伊織は、動画を見ながら軽食をとると、シャワーを浴びて身だしなみを整える。昼間は油絵の臭いが充満したアトリエにいるので、テレピンの独特な臭いが衣服や髪に染み付いている。そのため、シャワーで念入りに汗と臭いを落とし、衣服も全て交換。白シャツとカーキのパンツを身に着け、財布と鍵をポケットに入れる。胸ポケットに手帳とペンを挿し、持っている中で一番綺麗なスニーカーを履く。玄関先に立てかけている鏡を覗き、手ぐしで髪を整えると、伊織は出発した。アルデバランに辿り着いた伊織は、薄暗い店内の奥に設えたソファーに寝転がっている店主と対面した。白いワンピースを着た透子は、細くしなやかな体を横たえ、両手でクッションを抱えていた。ソファーの前にある木製のローテーブルには、複数のティーカップやティーポットが散らかっていた。

「こんばんは、透子さん。どうしたんですか？」

伊織が呼びかけると、彼女は愛らしい巻き髪を揺らして顔を上げる。

「沢渡くん、こんばんは。ぐーたらしちゃっててごめんなさい。さっきまで紅茶の飲み比べをしていたのよ。飲みすぎて疲れたから、横になっていたところ」

店のソファーで寝転ぶとは、随分と気の抜けた店主である。

「まだお客さんが来るまで時間がありますから、大丈夫ですよ」

伊織はカウンター席に座ると、店のラップトップを開く。メールチェックなどの事務作業を終えると、カウンター奥の厨房（ちゅうぼう）へ向かい、棚から茶葉の袋をいくつか取り出し、箱詰めを始めた。

伊織が透子に任されている仕事の一つに、商品の発送作業がある。アルデバランのウェブサイトで茶葉の注文が入ったら、商品を梱包、発送するという単純な仕事だ。本日はたった一件しか注文が入っていなかったので、梱包作業は五分で終わってしまった。宅配業者のウェブサイトで集荷依頼を済ますと、予約内容をチェックする。

今日は予約客がいる。

伊織が作業している間に、透子はテーブルに出していた食器類を片付け、黒いエプロンを着ると、変わったランプを手に取る。小さな直方体の台座から、針金のようなものがアーチ状に伸びていて、先端には萼と実を取り除いた、透かしほおずきが付いている。

「可愛いでしょ？　本物の植物で作られたランプ」

「素敵ですね。それは、どこへ？」

伊織が尋ねると、彼女はその植物のランプを持って入り口へ向かった。透子の揺れる黒髪を追って、伊織も店の外へ出る。すると彼女は、表の壁の凹んだ部分、小さなアーチ型の壁龕に、手に持っていたランプをそっと置いた。仄かな明かりが、壁龕の内側を上品に照らす。その灯りは、暗闇にほわりと浮かび上がる蛍のようだった。

「沢渡くん。お客様がいらっしゃる日は、こんな風にランプを置いておもてなしをしているの。次からはお願いね」

透子は可愛らしくウインクすると、再び店の中へ戻っていった。

やがて、入り口から来店を知らせる鈴の音が聞こえた。

現れたのは白いワイシャツとジーパンという、ラフな服装の男性だった。色白で平たい顔に収まるのは、眠たげで精気のない表情。細い首筋や手首には青い血管が透けている。白髪交じりの頭髪や、目の下のクマ、やや猫背の姿勢から、相当疲労が溜まっているのが窺える。

深い緑。それと、レッドオレンジ。

二つの色が重なり、男性の全身を薄いベールのように覆っていた。

伊織は男性をカウンター席に案内した。

「こんばんは。アルデバランへようこそ。店主の椿紅透子です」

透子は男性に手拭きを手渡す。

男性は手拭きを受け取りながら、小さな声で「こんばんは」と返すと、透子と伊織を交互に見ながら、ぎこちなく腰を下ろした。

「早坂涼平です。友人にこちらのサイトを紹介されて、よく分からないまま来たんですが、ここは喫茶店なんでしょうか？」

「ええ、喫茶店ですよ」

男性は首筋をポリポリかきながら、透子を遠慮がちに見る。

「ここで、悩みを相談できるというのは、本当ですか？」

早坂涼平は小さな広告代理店に勤務するサラリーマン。本や雑誌、パンフレットやウェブ広告などのデザインを手がける、グラフィックデザイナーとして働いている。社会人三年目の二十五歳だが、多忙な日々を過ごしているせいか、見た目は少し老け込んでいる。最近、彼にとって衝撃的なことが起こり、そのことで悩んでいた。そんなある日、再会した大学時代の友人から、アルデバランの名刺を手渡されたのだ。

早速ウェブサイトを見ていた涼平は、サイトメニューから変わった項目を見つける。

〝二十三時の喫茶店〟

その項目をクリックしてみると、姓名と生年月日を入力する欄が表示された。指示通り入力すると、画面が切り替わり、紅茶が入ったティーカップのグラフィックが現れた。ティーカップにカーソルを合わせると、矢印は手のマークに変わる。もう一度クリックしてみると、カップを満たす紅茶が徐々に減り、茶葉が浮かぶくらいの量が残された。すると、今度はカップを時計回りに三回まわすモーションが入る。中の茶葉がゆらゆらと動かされると、カップが逆さまになり、ソーサーに残っていた紅茶がこぼれていった。カップが再び上を向くと、カメラワークが動き、カップを真上から見たアングルになる。

映されたのは、カップに残った茶葉。

すると、画面下にウィンドウが浮かび上がる。

①紅茶の葉がどんな形に見えるか、選択肢から選んでください。

質問の下に選択肢がいくつか現れた。ロールシャッハテストのようなものだろうか？　涼平は占いをするような気分で、茶葉のグラフィックを観察する。柱から放射状に伸びているような形に見えたので、「風車」をクリックした。

画面が切り替わり、診断結果が表示される。

「あなたの頑張り次第で、すぐに報酬が得られるかもしれません。一方で、エネルギーを、間違った人々や間違った場所に無駄に費やしてしまうかもしれません。その場合は、状況の見直しが必要です」

これは占いだったのだろうか。

困惑しながら画面をスクロールすると、ウィンドウが再び登場。

②紅茶占い（タッセオグラフィ）の結果について気になる方は、感想をお寄せください。（任意）

そんな一文の下に、感想記入欄とメールアドレス入力欄があった。

涼平は、迷うことなくそれらを入力し、送信ボタンを押した。彼は友人から、アルデバランから招待状をもらうためには、感想欄に悩みを記載して送る必要があると聞いていたからだ。これが知る人ぞ知る、アルデバランに訪れるための申し込み方法らしい。しかし、その申し込みをしたからといって、誰でも招待してもらえるわけではない。いい加減な客人を、店主が嫌うからだ。

涼平は次のように送った。

『友人に紹介されました。仕事が忙しくて休む暇がないことが悩みです。最近ますます疲れが溜まっていて、友人にここで話を聞いてもらえと言われたので、申し込みさせて頂きます』

その次の日。涼平がメールボックスを開くと、「二十三時の喫茶店」への招待メールが届いていたのだった。

「ここは、お客様の話を一対一でじっくり聞きながら、そのお客様の人生をちょっとだけ変える紅茶を提供するお店です。このスタンスを理解してくださるお客様でないと、私はもてなすことができません。だからいらっしゃるお客様のほとんどは、早坂さんのようにお知り合いから紹介された方です。さらに、もてなすお客様は、あの感想欄にて、ご自身の想いを率直に記載された方に限定しています」

「なるほど。そういったことでしたか」

涼平は安堵のため息を吐く。

伊織は自分のことを思い出す。思えば伊織も、邦彦に紹介されたことでアルデバランを知った。しかし邦彦は、「キーワードは二十三時の喫茶店」という含みのある台詞を突きつけただけで、涼平の友人のような親切な誘導はなかった。自分のことで精一杯だった伊織は、その言葉を聞き逃してしまったようだ。

「最初の紅茶占いの結果。あれ最初、誰にでも当てはまりそうな文章だなぁって思ったんですけど、でもじっくり読むと、それなりにしっかりしたことが書いてあるような気もしたんですよね。あれって、実際はどうなんですか？」

「一応、占い師に監修に入ってもらっているから、完全にお遊びというわけではないわ。最初に姓名と生年月日を入力するでしょう？　その情報を元に、その人を占うシステムを組んでいるそうよ。だから、大外れすることはあまりないの」

「なるほど〜、そういう仕組みでしたか」

団欒する透子と涼平を眺めながら、伊織は胸ポケットから手帳とペンを取り出した。

この手帳とペンは、今後の伊織にとって非常に重要なアイテムだ。

伊織は人の感情の色が見える。しかし、いつ何時でも見えるわけではないし、誰の色でも見えるわけでもない。例えば、雄大のような自分に素直な人は、色が見える確率が高い。雄大の場合は、その色が何を示しているかも、なんとなく予想することができる。初めて二人で骨格研究会を訪れた時に、彼が見せたレモンイエロー。あの手の鮮やかで明度の高い色を発している人は、ポジティブな感情である場合が多い。現に雄大は、好きな人の情報を聞き出せるかもしれないという期待に、胸を膨らませていた。しかし邦彦からは、まだ色を見たことがない。なぜなら、邦彦は自分の感情をあまり表に出さないからだ。彼のような、感情が乱れた姿を人に見せないタイプの人からは、色は見えづらい傾向にある。

街中を歩いていても、色が見える人と見えない人がいる。遅刻しそうで急いでいる人や、恋人との時間が楽しくて浮かれている人などからは、決まってなんらかの色が見える。けれど、自分の想いを表情や態度に出さない人からは、色は見えづらい。見えても一瞬だけだったりして、よく分からないことが多い。

透子は伊織に、アルデバランに訪れる人たちを観察するように言った。彼女は、他者を知ることで自分を知ることができるという考えから、伊織に提案したに過ぎないわけだが、これが彼女の考え以上に、伊織にとっては勉強になる良い機会となりそうだった。というのも、アルデバランには悩みを抱えた人が相談に訪れる。悩みを相談しようとしている人は、得てして心のガードを緩めている。自分の感情を、普段よりもオープンにした状態なため、色が見える確率が高いのだ。

案の定、涼平からは、来店した時からビリジャンとレッドオレンジが見えている。伊織は、涼平がどんな思いを抱えており、その感情と色がどんな関係なのかを探るために、手帳に記録し始めた。

透子が出したウェルカムティーは、神経の疲れをほぐす効果がある、レモンバームのハーブティー。耐熱ガラスのティーカップに淹れて、小さな大豆クッキーと一緒に涼平に提供した。涼平は軽く会釈すると、クッキーをつまんで、ハーブティーを少しずつ口に含み、飲み込むと、緊張で固まっていた肩をストンと落とした。

「疲れているように見えますが、お仕事が大変なんですか？」

涼平はやれやれと頭を左右に振り、深いため息を吐く。

「大変ですねぇ。何せ人手不足が深刻で。案件がたくさん入ってくるのは有難いですけど、それを処理する人間が足りてない。一人当たりが抱える仕事量が多くて、はっきり言って普通にキャパオーバーなんですよ。正直今日も、仕事は残したまま来ています。納期が直近のやつは片付けたんで大丈夫かなと、思いまして」

「人手を増やすことはできないんですか？」

「新人入れたいですけど、うちは赤字続きなんで人件費削減中でして。そもそも、新人入れたところで教育する余裕もないのが現状で」

「厳しい状況ですね。そんな中、ここまで来てくださってありがとうございます」

頭を下げる透子に、涼平は慌てる。

「いいえ、そんな。お礼なんて言わないでください。僕、近所に住んでるんですよ。来るのが楽な距離だし、友人にも、お前はちょっと息抜きしろ！　って命令されてまして。ははは……」

涼平は大豆クッキーを咀嚼し、ハーブティーを飲む。

「このお茶、なんだかほっとします。なんかいろいろどうでもいいや、と思えてきちゃいます。いや、ダメなんですけどね。どうでもよくなんかないですけど」

透子は目を伏せた。

「会社で、何かあったんですか？」

間が空く。

大豆クッキーを食べ終え、ハーブティーも飲み干すと、涼平は天井を見上げた。

「色々ありすぎて、いちいち覚えてらんないです。必死で納期間に合わせたのに、知らない間に企画がぽしゃっていてボツなんてこともあったし。先輩が寝不足で倒れて、心筋梗塞で入院ってこともあったし。やけに忙しくてしんどそうにしている後輩がいるから手を貸したら、実はしんどい演技をしていただけで、俺に仕事ふって自分は合コンに行っていたり。なぜかタイムカードを切らない風習だから、実働時間と給料が厳密には嚙み合っていないグレーな体制だし。産業革命の頃みたいな考え方だから、質より量が重視で、仕事に拘りを持つ余裕がないし。仕事の空洞化って言えばいいですかね？　とにかく処理するばかりで、面白くなくて。どうにもこうにも……」

覚えていないという割には、実に様々な体験談が溢れ出てきた。

涼平は、凜とした透子の眼差しを目にすると、ため息を吐いて項垂れた。

「一番ショックだったのは、素敵だなって思っていた同僚の女性が、ストーカー被害に遭って出勤できなくなってしまったことです」

多忙な現実に囚われて、自分を振り返ることができなくなっている涼平の姿は、以前の伊織と似ている。

かつての自分を思い出して、伊織は気が重くなった。

「職場から自宅までの間で、跡を尾けられてしまったんでしょうか？」

「そうです。取引先で知り合った人に、帰り道を尾行されていたようでして。トイレやお店に寄るなどして、なんとか撒いたようなんですが、出勤したらまた追跡される可能性があると思うと、怖くて外出できなくなってしまったんです。女性の一人暮らしなので、余計に不安なんだと思います」

「警察は？」

「会社から警察に相談しました。相手も分かっているので、厳重注意しています。彼女、粕谷さんというんですが、会社は粕谷さんに、リモートで働くように伝えたそうです。けれど粕谷さん、今回のことで精神的にダメージを負って、働く元気がなくなってしまい、休職してしまったんです。信頼していた人にストーカーされてしまったから、それがかなり堪えたみたいで」

伊織は涼平をじっと見る。レッドオレンジの中に、レッドスピネルの色も見えてきたからだ。しばし観察し、熟考すると、レッドオレンジと書いた横に「誰かを思いやる色、温かい心を持つ人の色」、レッドスピネルの横には「好きな人を想う色、恋をしている人の色」と記しておいた。

透子は棚を見上げ、首を傾げていた。

「早坂さんは、粕谷さんを助けたいんですか？」

「もちろん、助けたいです！　だけど、男性にストーカーされて落ち込んでいるから、男の僕が何かするっていうのは、逆効果になりそうな気がして、何も思いつかなくて。結局、何もできないでいるんです……」

信頼していた男性から裏切り行為を受けた粕谷さん。彼女は信頼を寄せている男性に対して、疑心暗鬼に陥っている可能性が高い。彼女を励まそうと涼平がメッセージを送ったとしても、弱っている女性に優しくすることで、邪な欲望を満たそうと画策していると勘違いされてしまったら、きっと涼平は嫌われる。自分の思いが、必ずしもそのまま相手に伝わるとは限らない。

「仕事も恋愛も、八方塞がりなんですね」

透子の指摘に、涼平は「はい」と力なく答えて背筋を曲げた。

その姿は見窄らしく、侘しかった。

透子は、カウンター脇に置いてある紅茶に手を伸ばした。

「早坂さんは拘りが強いタイプかしら？　デザインは、大学時代から勉強していたんでしょうか？」

涼平は、紅茶袋を手に取る透子をぼんやり眺める。

「大学はすぐそこの、英華芸術大学のデザイン科に通っていました。大手の広告代理店で働くことを目指していたんですけど、どこもかしこも落ちてしまったんです。今の所が拾ってくれなかったら、厳しかったかもな」

英華芸術大学は、伊織も通っている大学だ。涼平は大学時代からこの辺りで暮らしているのだろう。

透子は温めた白磁のティーポットを二つ用意して、片方に茶葉を入れる。

伊織は透子の後ろを通ってキッチンに立ち、やかんでお湯を沸かし始める。

「うん。やっぱり早坂さんは、拘りや向上心が強いのね」

「なぜ、そう思うんですか?」

「だって、そうじゃなかったら大手なんて、入社試験の厳しいところを目指そうとは思わない。仕事に対する考え方もそうね。労働環境が悪いことは、私も改善するべきだと思うけれど。真面目に取り組んでも報われないことを嘆いたり、仕事の質が悪いことを問題視するのは、早坂さんが頭の中に強い理想を持っているからだと思うわ」

「僕の理想。僕って、そんなに強い考えを持っているんでしょうか?」

目を泳がせる涼平。

透子は伊織からやかんを受け取り、ポットに湯を注ぐ。

「理想的な状態を目指しているからこそ、粕谷さんへのアプローチに悩んじゃって、何もできないでいるんじゃないのかしら？ 理想と反対の出来事が起こってしまわないように。ちゃんと、理想通りになるように。そんな考えが、あなたを八方塞がりにしているんじゃないかしら？」

透子は茶葉の袋を、涼平の前に差し出す。

袋の正面には「Uva Highland」と記されている。

「ウヴァはご存知？」

突然話が切り替わり、涼平は困惑する。

「聞いたことならあります。ウヴァって確か、場所の名前でしたよね」

「スリランカの地名よ。インドのダージリン、中国のキームン、スリランカのウヴァは、世界三大銘茶と言われているの」

透子は、しっかり蒸らしたウヴァの紅茶を、用意していたもう一つのポットへ移す。

その間に、伊織はティーカップをお湯で温めておく。

伊織が温めたカップに、透子がウヴァを注ぎ、涼平に差し出した。

「クオリティーシーズンのウヴァよ。味わってみて」

涼平はカップを手に取り、口元へ近寄せると、息を深く吸い込んだ。

冷風を思わせるすっきりとした香りだ。

一口飲んでみると、静かな草原にいるような涼しさと一緒に、奥に甘さを孕(はら)んだ茶の渋みが広がり、最後にメントールのような刺激が駆け抜けていった。

「爽快感がある紅茶ですね。味のバランスが程よくて飲みやすい。なんだか、ミントに似たすっきりさがありますね」

ブライトイエローが涼平の胸元に浮かび上がって、すぐに消えた。

「爽やかな飲みごたえでしょう？　七〜八月に収穫されるウヴァには、サリチル酸メチル香と呼ばれるメントール系のフレーバーがあるのが特徴なの。この時期、すなわちクオリティーシーズンに採れたウヴァは世界最高峰と言われ、高値で取引されるのよ。美しく機知に富んだ王妃のような、クールで気高くほんのり甘美な紅茶ね」

涼平はカップの中身を見て、驚きのため息を漏らす。

「うわぁ、そんなに良い紅茶だったんですね、ウヴァって」

「けれど、これは七〜八月のウヴァだけの味わいよ。ウヴァは一年中収穫されるけれど、この味わいはクオリティーシーズンのウヴァだけのものなの」

「ええ！　それはまた、なんで？」

「七月頃になると、インド洋からモンスーンが吹いて、茶葉を一気に乾燥させるのよ。その時に、茶葉は枯れてしまわないように自助努力を始める。この生き残ろうとするストレスによる化学変化によって「ウヴァフレーバー」が作られるの。だから、同じウヴァでも、他の季節に収穫される茶葉には同じ芳香がつかないのよ」

透子は別の紅茶の袋を数個、カウンターに並べた。

彼女はスラリとした指先で、端から順に袋を突きながら話し出す。

「これらは全てウヴァの葉が使われているけれど、クオリティーシーズンではない時期に採れているものだから銘茶には成り得ない。だから、スリランカ産のお茶という意味の、セイロンティーと呼ばれているわ」

並べられた茶葉の袋を眺めた涼平は、その表情を曇らせる。

「残念ですね」

「そうかしら？」

「だって、採れた時期が違うだけで、最高品質にはなれないんですよね。それってすごく残念ですよ」

誰もが王妃になれるわけではない。それは、恵まれた者だけの特権。

では、あぶれた者たちは、叶わぬ夢を寝床で見るほかないのだろうか。

「確かに残念ね。だけどセイロンティーは、キリテーと呼ばれるミルクティーにされて、多くのスリランカ国民に飲まれているわ。ブレンドティーなどにして、国外へ輸出され、日本を含む多くの外国人にも飲まれている。財力など関係なく、沢山の人たちが紅茶を楽しむことができるのは、セイロンティーがあるおかげ。そう考えると、けして捨てたものではないと、私は思うわ」

透子はウヴァを一口飲むと、どこか遠くを見るような、神妙な顔つきになる。

「それに、クオリティーシーズンだからって、必ず良い茶葉ができるとは限らない。大事なのは、現在の状況を踏まえた上で、どんな紅茶が作れるのか。どんな紅茶にしたいと思うのか。そこと向き合うことではないかしら」

涼平の目が大きく見開かれた。

その時、彼を覆い尽くしていたビリジャンのベールが突風に絡め取られたかの如くかき消えて、すっきりとしたブライトイエローの靄が溢れ出て、辺りに充満した。

憑き物が取れたような涼平の顔を見た伊織は、思わず息を呑む。

目の前で今、何が起きたのだろうと、考える。

「どんな紅茶が作れるのか。どんな紅茶にしたいと、思うのか……」

涼平は透子の言葉を反芻する。

透子はそんな彼を余所に、カウンターに並べた紅茶の中から一つ選んで淹れる。

国内の紅茶ブランドが作る、セイロンブレンドの紅茶だった。彼女は沸騰したてのお湯で淹れた紅茶に、ミルクを入れて、一人で飲み始める。

満足そうに頬を薄桃に染めて、彼女は微笑む。

それを眺めていた涼平は、クスリと笑う。

「それ、美味しいんですか？」

「美味しいわよ」

「どっちが好きですか？」

「今飲んでる方が好き。今年のウヴァは、あまり好きじゃないわ」

「そうなんですね」

涼平は苦笑する。客に振舞った茶より、自分が飲んでいる茶を褒めるなんて、随分と変わった店主がいたものだ。

「僕は、自分の理想に囚われていたってことでしょうか」

「分からないわ。ただ、」

青灰色の透き通る目を凝らして、透子は涼平を見る。

「物事は常に変化している。茶葉が収穫される時期で違いが生じるのと同じように。同じ紅茶でも毎年味が変わるように。自分や周りの人も変化している。変化するから、思い通りにはいかない。先のことを完全に予測するなんて不可能。けれどそれを分かった上で、今の自分に何ができるか、今の自分がどうしたいのかを考えるように努めれば、八方塞がりから解放されるんじゃないかしら？　というのが私の意見よ」

涼平は、理想を目指すがあまり、自らを窮屈にしていた。透子の紅茶を飲み、彼女の話を聞いた涼平は、理想の檻（おり）の外側に目を向ける。思っているよりも、世界は複雑で多彩で、意外な一面を持っていると、彼は眠りから覚めるように気がついた。

ビリジャンが剝がれて、ブライトイエローが溢れ出た光景。あれは、涼平が自ら掲げていた理想から解き放たれて、身軽になった瞬間であろう。

伊織は手帳を開き、ペンを走らせた。

ビリジャン「高い理想を持つ人の色。理想が高くて苦しむこともある」

ブライトイエロー「思考が広がる感覚。心が軽くなるような色」

書き終えて顔を上げた伊織は、涼平を見た途端に心がモヤッとした。

涼平が頬を緩めて透子を見ていた。深い意味はないだろうけれど、気に食わない。

薄暗い店内に佇む彼女は、時としてコケティッシュな魅力を放つ。

伊織は口を引き結んで、このじれったさに耐えるのだった。


閉店した店内で、伊織はすぐさま透子に歩み寄る。

「透子さん。今日出したウヴァって、さっきも飲んでましたよね？」

伊織が来店した時、ソファーに寝転がっていた透子が飲んでいた紅茶の袋と、先ほど涼平に提供した紅茶の袋に記載されている名前が同じことに、伊織は気がついていた。涼平に提供した紅茶が、棚ではなく、カウンター脇に置いてあったのは、まだ収納できていなかったからだ。

「そうよ。今年のウヴァにがっかりして、不貞腐れていたの。そしたら、このウヴァをご馳走するのにぴったりなお客様が来たものだから、ちょっと驚いたわ」

伊織はクーラーディッシュを見る。そこには、洗われたティーカップが複数並んでいた。涼平の食器はまだシンクの中にあるので、それらは全て、透子が使用したものになる。

「随分とたくさんの紅茶を飲んでいたみたいですけど、どうしてですか？」

「今年はどんな出来栄えなのか、チェックするためよ」

「それは、同じ紅茶でも、年によって味が変わるからですか？」

「変わるわよ。茶葉は生き物だもの。気候に左右されるし、ティーテイスターの腕前によっても変わる。とっても複雑なのよ、紅茶って」

紅茶の味の違いなんて、渋いとか、ちょっと甘いとか、そんな抽象的で幼稚な表現しか伊織にはできない。毎年味が変わると言われても、それがどんな変化なのか一ミリも想像できない。

「味の違いを把握するのって、難しそうですね。僕には到底、できる気がしません」

「到底できないなんて、そんな事ないわよ。誰でも飲み慣れれば、少しずつ違いが分かってくるものよ」

「そうですか？　なんだか、繊細な感性がないとできなそうなイメージですけど」

透子は微笑む。

「確かに、プロのテイスターになるには訓練が必要だけど、そう気負うものではないわ。ほら、沢渡くんも飲んでごらん？」

透子が伊織にもミルクティーを作ってくれたので、そっとカップに口をつけながら、伊織は透子を見つめる。まろやかで仄かに甘みのあるミルクティーは、まるで心を撫でもらっている気分になる安らかな味わいだった。

透子が、伊織や早坂涼平に向けて的確な一杯を出すことができたのは、日々紅茶の研究をしていることによるもの。それができるようになるには、どれだけ紅茶を飲めば良いだろうか？　想像すると、途方もない歳月を感じざるを得なかった。

「透子さんはどうして、このお店をはじめようと思ったんですか？」

透子はなぜ、「紅茶専門店アルデバラン」を経営しているのだろうか。才色兼備な彼女ならば、もっとそのポテンシャルが活(い)かせる、華々しい活躍の場がある気がして、惜しいようにも思える。

ティーカップを脇に置くと、透子はカウンターに寄りかかって店内を眺める。

その青灰色の瞳がどこを見ているのか分からない。過ぎ去った過去を眺めているようにも見えるし、これからの未来を展望しているようにも見える。

しばらく、無音の時間が続いた。

やがて、彼女は伊織を横目で見ると、薄桃色の唇を開き、そっと囁(ささや)いた。

「こういう場所って、良いでしょう？」

きっと愛想の良い人ならば、すぐさま彼女に同意してみせるのだろうけれど、伊織は黙り込んでしまった。伏し目がちになって微笑む透子が、伊織の知らない、とても遠い世界にいる人に見えたからだ。そんな彼女が発する言葉を、自分の主観で理解したつもりになって「そうですね！」なんて軽々しく同意するなど、なんだかおこがましい気がしたのだ。

薄暗い店内に佇む透子はとにかく美しくて、今彼女が何を考えているのか無性に知りたくなったが、さらに質問を重ねる勇気などなく、伊織はただひたすら、その麗人に見惚れていた（みと）のだった。

✷

後日。雄大の一目惚れ（ひとめぼ）話を適当に聞き流しながら昼食をとっていた伊織は、スマホに届いたメールを開く。仕事がしやすいように、アルデバランのアドレスを自分のスマホでも見られるようにしていたのだ。

送り主は早坂涼平だった。涼平はわざわざ、ウェブサイトの問い合わせ欄から報告をしてくれたようだ。

『紅茶専門店アルデバランのみなさま

先日はお世話になりました。僕は相変わらず、忙しない毎日を送っております。僕は長い間、大学時代に夢見ていた有名デザイナーや、大企業の凄腕デザイナーになるほどの器ではない自分に呆れ、無力感を感じてしまいがちでした。だけど考えてみれば、今の職場には僕を頼りにしてくる人がいます。たとえ合コンのためであっても、頼られるというのは悪いことではないですよね。便利道具にされたくはないですけど笑。職場環境の改善を目指しながら、前向きに働いていけたらと考えています。

それから、粕谷さんですが、先日彼女に贈り物をしてみました。僕は失敗をとても恐れている人間なので、贈り物なんてしても良いのかどうか、かなり悩みました。だけど、セイロンティーを短いメッセージと一緒に送ったら、お礼のメールが返ってきました。セイロンティーが美味しいと書いてあったんです！　社交辞令かもしれないですけど、紅茶が飲めるくらいには心が落ち着いていると分かって、安心しました。こんな風に前向きになれたのは、みなさまのおかげです。

本当に、ありがとうございました。』

涼平の心境が明るい方向へ向かっているようで、伊織はほっとした。

「おい！　聞いてないだろ沢渡」

雄大がスマホに夢中な伊織を呼ぶが、彼はなかなか顔を上げない。

涼平の知らせは伊織を刺激した。彼は友人の恋愛などまるで気にせず、あの日の夜を思い浮かべ、胸が踊る不思議な感覚にしばし酔い痴れるのだった。

第三話　茶外茶

垂木(たるき)を組んで枠を作り、ロールキャンバスを開封し、それを枠の一辺に沿わせて釘(くぎ)で固定。無骨なペンチのような形をしたプライヤーという道具で、キャンバスの端を挟んで引っ張り、皺を伸ばした状態で釘を打って固定していく。完成した白いキャンバスをイーゼルに立てかけると、伊織は腕組みをする。

さて、どうしたら良いだろうか。

思い返されるのは、透子が早坂涼平に向けた言葉。

物事は常に変化している。そのことを自覚し、現在と向き合う。

言葉で聞けば単純に思えるが、これは存外難しい。考えようとすると、体表が乾燥して罅が入り、そこから雑菌が入り込んで、菌に全身を蝕(むしば)まれていくようなイメージに襲われる。全身が、オイルグリーンに染まっていくような感覚に吐き気を覚える。

慌てて手帳を開く。自分のイメージに呑み込まれると現実が見えなくなる。そうなっては何もできやしない。ペンを取り出し、今のイメージもメモしておく。文字で記すと、見え方が変わるからだ。

オイルグリーン。菌のイメージがある。鬱々とした気持ちになる。自分が何かに蝕まれて消えるような感覚。できればあまり見たくない。遠ざけたい。

深く息を吐いて精神を落ち着かせていた伊織の視界に、またレッドスピネルの煙が乱入する。甘ったるい匂いすら想起させる煙を発しているのは、相変わらず「紅子さん」に夢中な雄大だ。

「沢渡ぃ。もうキャンバス張ったのか、早いなぁ。俺のも手伝ってくれよ」

肩を組んでくる雄大に、伊織は苛(いら)つく。

「お前そこまで切羽詰まってないだろ。自分でやれよ」

「冷たいなぁ。やるよ、やるけどさぁ」

視界が濃いピンクで埋め尽くされたので、煙が充満している空間にいるような感覚に陥り、伊織は思わず咳払(せきばら)いする。

「どうせ紅子さんのことが気になって、他のことに集中できないって言うんだろ」

「お前、今日こそ一緒に矢代さんのところに来てくれよ。今日は絶対に、勇気出して紅子さんのことを聞くからさ」

恋に現を抜かす雄大を心底面倒臭いと思うが、約束している手前断るわけにはいかなかった。本人から言い出すまでは話題に出さず、そのうち紅子さん諸共忘れるだろうと踏んでいたので、彼がここまで紅子さんに執着するのは予想外だった。

雄大の恋煩いを解消できれば、彼が伊織にダル絡みしてくる頻度が減るに違いない。自分のためにも雄大のためにも、伊織は放課後、邦彦に会いに行くことを決めた。

動物の骨が犇めく棚に囲まれた邦彦が、椅子に座ったまま再び来訪してきた二人を見上げる。伊織と雄大は丸椅子に腰を下ろす。邦彦は丸メガネのフレームを指で押し上げて、伊織に照準を絞る。

「君は沢渡くんだっけ？　招待状は無事受け取れたのかな？」

不親切な案内をしておいて何を言っているのやらと、伊織は呆れる。しかしすぐに、もしかしたらこの男に試されたのかもしれないという予感が過る。伊織が自ら変化できる器量の持ち主なのか、そうでないのか。伊織の人間力を、この男は試していたのかもしれない。そんな予感だ。

見縊られて堪るかという思いで、伊織は表情を引き締めた。

「素敵なお店ですね。美味しいアールグレイを頂きました」

「それは良かった」

邦彦は僅かに優しい目をしていた。雄大が羨ましそうにあれこれ聞いてきたが、邦彦が華麗にあしらい、話題は紅子さんに移行した。

「紅子を大学で見たのか。確かに、彼女が僕を訪ねに大学に来たこともあったな」

邦彦は遠くを見つめ、過去の記憶を辿りながら話す。

「彼女は幼馴染なんだ。親同士で交流があったから、小さい頃から顔を合わせることが多くてね。彼女の方が年上だから、弟みたいに可愛がってくれていてね」

「矢代さんよりも、年上なんですか?」

雄大がすかさず食いつく。

「もうとっくに社会人だよ。学生時代はイギリスに留学していたかな。勉強熱心な人だよ。最近は仕事で忙しくて、なかなか会えてはいないんだけどね」

邦彦はちらりと伊織を見て、すぐに雄大へ戻した。

「紅子って名前、誰に聞いたんだい?」

「本人ですよ。見かけた時に気になっちゃって、思わず名前を聞いたんです」

邦彦はフッと笑う。

「そうか。彼女が自分でそう名乗ったなら、それで良いか」

「あの、彼女の苗字はなんというんですか？　教えてくれませんか？」

身を乗り出して聞いてくる雄大を、邦彦は冷ややかに見つめる。

「川辺くん。君は多分紅子にからかわれている。そんな風にがっついたらいけないよ。彼女は、そういう男性からは軽やかに逃げてしまう人だ」

用事があるような素振りで走り去っていった紅子さん。もしかしたらそれは、欲望丸出しで接近してきた雄大から逃れようとしたのかもしれない。ファーストインプレッションで、雄大は紅子さんに嫌われたのかもしれない。

「そんなぁ」

雄大の嘆きの声を横で聞きながら、伊織は眉間に皺を寄せていた。


大学は二十一時に完全施錠される。アルデバランとコンビニバイトの掛け持ちで生活費を稼いでいる伊織だが、今日は珍しくバイトが全く無い日だった。この貴重な日を逃すまいと、伊織は施錠時間ギリギリまで大学のアトリエで試行錯誤し、守衛に追い出される形で大学を出た。

帰宅中、何の気なしにポケットから出したスマホに大量の通知が届いていたので、伊織はギョッとした。姉の織香から連投でチャットが来ていたのだ。ことあるごとに弟を貶（けな）すばかりの生意気で憎たらしい姉と接するのは心に毒なので、可能な限り遠ざけたいがそうもいかないのが現実。他人であれば縁を切れば済むが、血の繋（つな）がりという生まれ持っての縁を断ち切るのは、そう容易なことではない。

渋々チャットを開いた伊織は、内容を確認するとすぐに電話をかけた。

「伊織あんた、なんで矢代くんと話していたの！」

ワンコールで応答した姉は、焦りたっぷりの上ずった声で本題をすぐさま尋ねてきた。織香も邦彦も同じ大学の四年生。他学科とはいえ、眉目秀麗な文芸学科の賢人を彼女が知っていても何ら不思議でない。が、しかし、あまりにも脈絡がなく急な質問だったので、伊織は数秒フリーズしてしまった。もしもーし？　という姉の呼びかけで、伊織は気を取り直す。

「なんでって。友達が知り合いだからだよ」

「それでなんで話すのよ。今日見たのよ。あんたが骨格研究会で矢代くんと話しているのを窓から」

「窓から見るなよ、不審者か！」

「だって気になるんだからしょうがないじゃない！　それで？　どうして話すことになったわけ？　さっさと言いなさいよ」

「ただの付き合いだよ。友達が矢代さんに聞きたいことがあって、一人だと不安だから一緒に来てくれって言われたんだ」

スマホの向こう側から、深いため息が聞こえてきた。

「ずるーいー。どうしてそんな機会があんたに巡ってくるわけぇ。私の方が何億倍も矢代くんと話したいって思っているのに！　なんでいっつも、私が欲しいものをあんたが持っているのよ！」

「そんなもん知るか」

「あ！　でもむしろチャンスかも。ねえ伊織、協力してよ！」

「嫌だよ。なんでそんなこと俺が」

邦彦は伊織よりも上手な人間だ。凪のように落ち着いた表情の下で、人や物事を仔細に分析している。彼には他人の欲望や思惑を即座に察知する能力があるため、短絡的な発想で近づいても弾かれるに違いない。自我丸出しの織香なんぞ相手にならないし、彼女のような人間を彼と引き合わせたりして、伊織本人の評価を下げたくもない。

「ずっと矢代くんが好きなの！」

姉の発言に一瞬だけ心が動きかけた。

伊織は慌てて、通話を切った。

暗い夜道を歩きながら、伊織はイライラしていた。雄大といい織香といい、伊織のことなどお構いなしに、自分の問題に伊織を巻き込もうとするからだ。恋い焦がれる相手と繋がりたい気持ちは分かるような気もするが、第三者である伊織には迷惑でしかない。恋愛なんぞに現を抜かしていないで、目の前のやるべきことに集中しろよ。なんて説教じみたことを言いたくもなるが、口にするのは躊躇(ためら)われる。伊織は誰かを焦がれるほど好きになったことがないので、自分が同じような思いをもった時どうなるのか想像できない。

だから、彼らを責められない。

悶々(もんもん)とした気持ちを抱えながら歩いていた伊織は、最寄駅を降りてすぐに、驚いて立ち止まる。

オイルグリーンを纏った女性が、脇を通り抜けたからだ。

慌てて振り返る。肩まである髪を左右に揺らしながら歩く姿はぎこちない。上下ともに濃い灰色のゆったりとした衣服で、足元はサンダル。どう見ても部屋着だ。コンビニに行こうとしているのだろうか？　片足を前へ出す度にサンダルの底がアスファルトを擦る。そのわずかな引っかかりに足を取られ、重心を保つために勢いよく踏み出す。そんな歩き方だから、必要以上に体が揺れている。見る者を不安にさせる歩き方だった。そして案の定、道端で彼女はつまずいてしまう。

「大丈夫ですか！」

伊織は慌てて女性に近寄り、手を差し伸べた。

間近でみると、オイルグリーンと一緒に藤色（ウィステリア）も見えた。

伊織を見上げた女性は、ひどくやつれていた。髪はパサパサで、若そうなのに目元には皺が寄り、血の気が引いた素肌は幽霊のように白くて、伊織は思わずゾッとしてしまった。

伊織に手を引かれて立ちあがった女性は、他者に触れたことで我に返ったのか、両目を大きく開いて、口元を両手で覆った。視線を合わせようとしても、目が泳いでいてまるで合わない。

「どうしました？」

挙動不審な女性にやや怯えながら、伊織は彼女に話しかける。

「大丈夫です。何でもありません。ありがとうございます」

彼女は早口で礼を述べると、踵を返して、反対方向へ歩いていく。

淡い青紫、ウィステリアの割合が増えた。先ほどと違って、足取りはしっかりしている。けれど、今にも崩れそうな脆さを感じさせる。

伊織は彼女に走り寄ると、その細い肩を叩いた。

「こちらを差し上げます。二次元バーコードを読み取ればウェブサイトに行けます。そこの、二十三時の喫茶店という項目で占いをしてください。その占いをしても満足できなかったら、感想記入欄にあなたの悩みを書いて送ってください」

女性は眉根を寄せて、怪訝そうに伊織を見上げる。

伊織は彼女の手を取り、名刺を握らせた。

「きっと、あなたの助けになると思います」

彼女が名刺を握ったことを確認すると、伊織は手を離して頭を下げ、素早く歩き去った。


数日後。紅茶専門店アルデバランに出勤した伊織は、いつものように茶葉の発送準備をすると、外へ出て例のランプを設置した。

予約客が来る日は、招待メールを受け取った客人が希望日を申請し、これに伊織が応答することで確定する。本日の昼頃メールを受け取った伊織は、透子に確認をとった上で、客人に来店可能を伝える返信をしていたのだ。

客人を迎える準備を終えた伊織が戻ると、キッチンでは、透子が自分で焼いたスコーンの味見をしていた。伊織は、ポニーテールを揺らして作業する透子に話しかける。

「自分でお菓子を作ることもあるんですね」

伊織の声に反応し、透子が顔を上げる。

「もちろんよ。自分好みに調整したいもの」

外で売られている食べ物で割と満足してしまえる伊織にとっては、自分好みに調整するという行為は、馴染(なじ)みのないことだった。

「そのスコーン、売っている物とはどう違うんですか？」

すると透子が、食べる？　と差し出してきたので、伊織もキッチンに入った。透子はトングで摑んだスコーンを、伊織の手のひらにポンと置く。カラメルみたいな焼き色のついた、粗めな生地のスコーン。一口食べてみると、その食感はざくっとしていて、粒感が強かった。

「カロリー控えめな感じですね。玄米みたいな食感……」

もごもごとほっぺを動かしながら咀嚼する伊織を見て、透子は笑った。

「全粒粉を使ったスコーンよ。初めて作ってみたけど、悪くないわね」

紅茶のお供となるお菓子のことも、透子はいろいろ考えているようだ。

伊織はカフェなどで、ケーキと一緒に紅茶を飲んだことはある。しかし、スコーンと紅茶を一緒に食べた経験はない。

伊織は腕組みをして考え込む。

「やっぱり、イギリスでは、紅茶とスコーンの組み合わせが定番なんですか？」

「もちろん、定番よ。十六世紀頃には、すでにスコーンがあったと言われていて、のちに、イギリスのティータイムには欠かせない食べ物になったの。イギリスの家庭で食べるスコーンって、正直モサモサしていて、単体だと食べにくいんだけど、クロテッドクリームやジャムをつけて、ミルクティーと一緒に食べると、凄く美味しいのよ」

まるで食べてきたかのような透子の言い方に、伊織はすぐさま反応する。

「透子さんって、イギリスに行ったことあるんですか？」

質問してすぐに、伊織は邦彦のことを思い出す。彼から聞いてきた話が、脳内をぐるぐると回り始める。

「あるわよ。親の仕事の都合で住んでいたこともあるし、旅行で訪れたこともあるし、留学で行ったこともあったわね」

伊織はデジャビュに襲われる。いいや、これはデジャビュではない。

邦彦から聞いた話と、あまりにも似ている。

伊織がある予感に心を騒がせていたところで、玄関の鈴の音が聴こえてきた。


『母として生きること』


送られてきたシンプルな文章に伊織は戸惑ったが、透子はこの客人に招待メールを返すことを許可した。彼女が言う、自分の想いを率直に書くという条件をクリアしているからだろう。具体的にどんな悩みを抱えているのかは分からないが、切実な悩みがありそうな気配は十分伝わってくる。

訪れた客人の姿を見るより先に、見覚えのある色が漂ってきたので、伊織はあっと声を上げた。オイルグリーンとウィステリア。先日駅の近くで出会った、あの女性だった。

鷺沼由貴子(さぎぬまゆきこ)というその女性は、相変わらずやつれた顔をしていた。以前見かけた時と違って、髪は綺麗に一つに纏めて縛っており、ベージュのトップスにグレーのパンツ、黒い運動靴を履いていた。彼女はキョロキョロと落ち着きのない様子で店内を見ながら、伊織に誘導されてカウンターまで来る。由貴子がカウンターに座ると、透子は華やかな香りづけがされたフレーバードティーとスコーンを出した。

「お越しいただきありがとうございます。甘酸っぱいフルーツの香りがついている、ダージリンベースのフレーバードティーです」

由貴子はペコリと頭を下げ、紅茶を見つめる。

「申し遅れました。私は店主の椿紅透子と申します」

由貴子は紅茶から透子へ視線を移す。透子の横に伊織が現れたので、彼女は目を瞬かせた。

「来てくれてありがとうございます。僕はここでバイトしている沢渡伊織と言います」

由貴子はまたペコリと頭を下げる。

「沢渡くんが紹介したのかしら？」

透子が目を丸くしていたので、伊織は経緯を説明した。

由貴子はスマホを見たり、紅茶の湯気を見たり、店内を見回したりと、落ち着きがなかった。

「どうかしましたか？」

透子が問いかけると、由貴子は体を震わせて驚く。

「あ、いいえ」

彼女はスマホを操作し始める。表示された画面をしばし眺めると、眉をハの字にして肩を落とす。透子も伊織も、彼女が何を考えているのか摑めず、黙って見守るしかできなかった。

やがて、由貴子は思い切ったように立ち上がる。

「あの、これっておいくらですか？」

伊織は、彼女が金額を気にしていたのだと気がつき一人納得する。注文してもいないのに茶菓子を出されたら、不安になるのも無理はない。

「二十三時の喫茶店では、お代はいただいておりません。全てサービスなので、値段を気にされる必要はありませんよ」

「え！　そんなの悪いですよ」

「好きでやっていることですから、気にしないでください」

由貴子は、なぜか余計困った顔になった。しばらく紅茶とスコーンを見て、彼女の中で押し問答を繰り返しているようだったが、やがてスマホを見ると、弾かれたように顔を上げた。

「あの。私、もう帰らなくてはいけなくて。せっかく出してくれたのにごめんなさい」

彼女は失礼を働いたことに対する叱責を恐れてか、ひどく怯えた顔をしていた。

けれど透子は、依然として穏やかな表情だった。

「そんな、謝ることではありませんよ。こちらこそ、お忙しいところ足を運んでいただき、ありがとうございます」

由貴子は身を小さくして何度も頭を下げると、何かに追われるように、小走りで店の扉へ向かう。彼女が扉を開け、再び鈴の音を鳴らしたタイミングで、透子が声をかけた。

「鷺沼さん！」

驚いて振り返る由貴子に、透子は聖母のように微笑みかける。

「話さなくても、紅茶を飲まなくてもいいですから。もしまた時間があるようでしたら、ぜひ来てください。問い合わせもいりませんので」

目を見開いて透子を見る由貴子は、十代の少女のような表情をしていた。

透子は、二十三時の喫茶店に訪れた客人から一銭も受け取っていない。早坂涼平は、代金を支払わないシステムに驚愕（きょうがく）し、何かお礼をさせてくれと懇願していたが、それでも透子は、彼から何も受け取らなかった。後日、涼平がメールを送ってきたのは、透子に何かを返したいという想いもあってのことだろう。そんなことなので、アルデバランでの透子の儲(もう)けはネット通販のみ。売り上げを見ている限りでは、完全に赤字だ。それでも痛くも痒(かゆ)くもなさそうな呑気な店主を見ていると、自(おの)ずと想像できることがある。

椿紅透子には圧倒的な資金源がある。

アパートの大家なので、地主か、あるいは不動産関係の仕事をしているのかもしれない。アルデバランを予約が入った時しか開かない透子。日中は別の場所で働いているのかもしれないし、そもそも働く必要がないほどの資産家なのかもしれない。

自宅に戻った伊織は、瞼の裏に透子を映しながらあれこれ考えていたが、ふとその目を開き、眉根を寄せる。

透子から色が見えたことが、一度もないことに気がついたのだ。

彼女は感情を表に出さない、色が見えにくいタイプの人間。

伊織と透子の間柄は、大家と借主あるいは店主と店員。

深いとは言えない関係。

二人の間には、見えない壁がある。

二人の間にはまだ距離があって、伊織は彼女の心情には触れることができない。

すぐには歩み寄れない、遠いところに透子はいる。
どうしたら、その距離は縮まるだろうか？
何をすれば、透子のことをもっと知れるだろうか？
彼女を知ることができれば、彼女との関係が深まれば、色は見えるだろうか？
分からない。
伊織はベッドに突っ伏した。
自分はどうして透子のことを知ることに、躍起になっているのだろうか。
「なんか俺、ダサいな」
弱っている時に癒してくれたから、のめり込みかけているのだろう。
そう思うと、自分がひどく矮小な人間に思えて情けない。
情けないと自覚して自制しようとするが、それでも思考は止められない。
雄大の大好きな紅子さんと、椿紅透子が同一人物に思えてならない。
もしこの予想が正しいなら、自分は雄大とうまく向き合えないかもしれない。
不安が募っていく。
伊織は両手でバチンと頬を叩くと、まだ終わっていないレポートを書き始めた。

　由貴子は再び訪れた。

　相変わらず浮かない表情だが、先日よりは目が合う頻度が多い。そのせいか、唇に引かれたグロスや、綺麗にヘアアイロンをあてた前髪が目につき、以前より少しだけ華やいで見えた。

「また来てくれてありがとうございます。こちら、おからクッキーです。よかったら、お家で食べてみて」

　透子は透明な袋に詰めたクッキーを、カウンターに出す。由貴子が長時間滞在できないことを考慮した手土産だ。由貴子は小さな声でお礼を言うと、快く受け取ってくれた。

「この間はすぐに帰ってしまって、すみませんでした。あの日は家の人に、買い物に出かけると言って出てきました。なので、遅くなるわけにはいかなくて。だけど、今日は友達の家に呼ばれたと説明しているので、前よりは長く居られます」

　落ち着きがなさそうにスマホを見ていたのは、時間を気にしていたのだろう。もしかしたら、家の人から早く帰るようメッセージが来ていたのかもしれない。

「ということは、ここは鷺沼さんのお友達の家ね。そうなると、私はあなたのお友達ということになるから、今からは由貴子さんと呼ぼうかしらね」

透子は何か閃いたようで、口元に手を添えて小悪魔みたいな笑みを浮かべた。

戸惑う由貴子を余所に、透子は食器やカトラリーの準備を始める。


透子の指示で、伊織は由貴子をソファー席へ案内した。二人掛けのフランネルのソファーが二脚あり、間にはマホガニーのローテーブルが設置してある。白レースの小さなテーブルクロスを敷くと、透子はそこに銀メッキのティーポット、ミルクポット、シュガーポットを置いていく。線描で描かれたミモザの柄が入ったティーカップを二セット持ってきて、最後にテーブル中央に、ガラス製のアンティークケーキスタンドを鎮座させ、テーブルを一気に賑わせた。

十九世紀のイギリスで流行したお茶会、アフタヌーンティーの始まりである。

透子はエプロンをとって由貴子の向かい側に座ると、傍に立つ伊織を見上げる。

「沢渡くん。悪いけど、あなたは私たちの会話が聞こえないくらい遠いところで、待っていてくれないかしら？」

女の花園には入るなということだろう。伊織はそそくさと離れた。

由貴子は鮮やかなアフタヌーンティーセットをまじまじと見つめる。中央を飾るケーキスタンドは、ガラス皿が三枚、真鍮棒によって縦に連なっている。ダイヤモンドカットが入ったガラス皿には、一番下の段から順に、サンドイッチ、スコーン、スイーツが載っていた。

透子が淹れたての紅茶を由貴子の前に置きながら、説明を始める。

「一番下の段のサンドイッチは、キュウリ、卵、スモークサーモンとチーズの三種類。二段目のスコーンは全粒粉で作っているから、食物繊維やミネラルが豊富よ。ジャムやクロテッドクリームをつけて食べてね。三段目のスイーツには、桃のパンナコッタと洋酒のパウンドケーキ、グレープフルーツのタルトと、ラズベリーとチョコレートのムースを用意しているわ。アフタヌーンティーは一番下から順番に頂くことになっているけれど、厳格に決められているわけではないから、スコーンやスイーツから食べても大丈夫。つまみ食いをするような気分で、気楽に召し上がってくださいね」

色とりどりの食べ物を見て生唾を飲み込むも、由貴子はしばらく観察を続けていた。

なかなか紅茶や食べ物に手を伸ばさない由貴子を余所に、透子はスコーンを齧り、自分で淹れたダージリンを飲み、ソファーの背もたれに寄りかかる。

「本当のお友達とは、会っているの？」

「いいえ。最近は忙しくて、あまり会えていません」

由貴子は俯いて暗い顔になる。

「それは寂しいわね。話したいことがたくさんあるでしょう?」

「ありますけど……、どうにもできないことなので」

彼女がなかなか話したがらないのは、相手に話してもどうにもならないと思っているからのようだ。

「アフタヌーンティーってね、イギリス女性の自立に一役買っているのよ」

由貴子は目を瞬かせた。足を組んだ透子は、ティーカップを片手に挑発的な顔つきになる。

「十九世紀以前のイギリスでは、結婚した女性は夫に尽くし家庭を守る慎ましさが求められていたわ。自ずとアフタヌーンティーの場では、貴婦人たちが、自分がいかに『家庭の天使』であるかを自慢し合って競うようになっていったの」

「なんだか、今も昔も変わらないですね」

ママ友同士の集まりが、自慢話やマウンティングの修羅場となるのは、現代においてもよく見かける光景だ。人は、百年経とうとも、人種が異なろうとも、あまり変わらないようだ。

透子は人差し指を立てて、左右に振る。

「だけどね、産業革命の頃から徐々に考え方が変わったのよ。堅苦しい良妻賢母のイメージから脱却して、女性が自由に生きることを唱える、ニューウーマンが誕生したの。彼女たちはティールームに赴き、紅茶を飲みながら自分たちの在り方について話しあった。アフタヌーンティーは、家庭の束縛から解放され、女性たちが独立心を養うための茶会となったの」

「アフタヌーンティーの場が、女性が解放されるきっかけを作ったということですか？」

「そう。だからアフタヌーンティーの場では、キツくて苦しいコルセットをとってしまって良いの。好きな段からつまみ食いしたって、構わないのよ」

透子の話に感銘を受けたのか、由貴子の表情が少し和らいだ。彼女はスコーンを手にとって、丁寧に千切ると、何も付けずに一口齧る。それを数回嚙んで飲み込むと、嬉しそうに微笑んだ。

伊織は店内の隅っこにいたが、それでも声が聞こえてしまうような気がして、結局外に出ていた。季節は初夏なので、夜でも過ごしやすい気候だった。

手帳に記した二色について考える。オイルグリーンとウィステリアは、何を意味する色だろうか？　考えてもまだ浮かぶものはない。この色を見せる鷺沼由貴子は、どんな悩みを抱えているのだろうか？『母として生きること』とは、具体的には何を指しているのだろうか。情報が少なすぎて何も分からない。

「色が見えたって、どうにもならないよな」

また自分の能力を否定してしまった。しかし、実際に無力なのだから仕方がない。と、またもや決め付けかけた自分を、伊織は去なす。もう一度、向き合う。

本当に、分からないのか？

オイルグリーンは、自分自身からも出ていた色の筈だ。どんな状態の時に、自分からあの色を見ていただろうか？

自分が何を求めているのか。自分が何を望んでいるのか。自分が何を好み、何を嫌っているのか。そんな自分自身のことが見えなくなっている状態。見たくないと思うがあまりに見えない状態へと追い込み、その結果生まれた心の悲鳴。

伊織は、オイルグリーンについて、次のように追記した。

自我を見失って苦しんでいる色。閉塞感を抱えている人の色。

やがて、由貴子が帰っていった。纏っている色が消えたわけでもなく、変わったわけでもないが、店から立ち去る彼女の足取りは、以前よりは軽やかだった。

店の中に戻った伊織は、ソファーに座る透子と、ローテーブルを交互に見る。

アフタヌーンティーセットの食べ物は、あまり減ってはいなかった。そして、相変わらずといえば良いだろうか。由貴子のティーカップは満たされたままである。

透子は神妙な面持ちで食べ残しを見つめ、しばらく熟考するのだった。

＊

次の日の夕方、アパートに帰ってきた伊織は玄関先で立ち止まる。

一瞬血液を連想する、ラディッシュブラウンのオーラ。目を凝らしてじっくり見つめると、レッドスピネルも浮き上がっていた。

「伊織。ちょっといい？」

就活のために真っ黒に染め上げた髪を手で払いながらこちらを睨(にら)んできたのは、姉の沢渡織香だった。ブラックスーツにパンプスの就活スタイル。どこかの会社面接から直接来たのかもしれない。

伊織はげんなりしながら、彼女を招き入れた。

昔ながらの古風な畳部屋に上がり込んだ織香は、カバンを放ると同時に座布団に腰を下ろし、だらしなく足を広げて卓袱台に右腕を乗せ、その上でうつぶせになった。パンプスで歩き続けたので脚が疲れているようで、彼女は左手で脹脛（ふくらはぎ）を揉（も）みながら、卓袱台に突っ伏したまま頭の向きだけをごろりと変えて、伊織を見上げる。

「この間、なんで電話切ったのよ！　まだ話の途中だったのに」

就活のために墨のような黒に染め直した髪が、卓袱台に扇子のように広がっている。じろりと恨めしそうに伊織を見る目は、丁寧なアイメイクが施された愛らしい丸目。不満で曲がった唇は小ぶりだけど厚みがあって、肌は陶器のようになめらかで白い。

伊織は沢渡家の中で天才と囃し立てられたが、織香はアイドルのようだと言われて育った。そして、伊織は天才になりきれない残念な青年となり、織香はアイドルのような存在にはなりきれない我儘で嫉妬深い女に成長した。姉は弟によく悪態を吐（つ）いたものだが、弟も姉の性格に対して散々愚痴を言ってきた。結局、沢渡家の姉弟は、互いに互いを羨み憎み合う、似た者同士でしかないのだ。

それを自覚しているからこそ、伊織はげんなりとしてしまうのだ。元から持っている素材を活かした人受けの良さそうな化粧を施す姉は、このだらしない姿を見せられてもなお、見た目だけなら誇らしいと思えた。

「忙しかったんだよ。それで？　一体何しに来たんだ」

「あんたに、私と矢代くんを繫いでもらいたくて」

「俺はそんなことしたくない。自分で努力してくれ」

伊織が織香の向かい側に座ると、彼女は卓袱台から頭を起こす。

「私だって矢代くんと二回は会話したことあるのよ。だけどまだ知り合い程度でしかないから、どうやって距離を詰めたら良いのか分からないの。ずっと獣道で見えない人を追いかけているみたいな気分で、ほんっとに辛い。ねえ、伊織は矢代くんとどんな話をしたわけ？　やっぱり男同士の方が話しやすいの？」

伊織はこめかみを押さえる。

「別に俺だって、大した話はしてないよ。川辺のやつが矢代さんの知り合いのことが好きになったらしくて、その人について聞いていただけだ」

伊織は、あの嫌な予感のことを思い出して気持ちが揺らいできたので、それを押し殺すために顔を顰めた。

「矢代さんの知り合いの、紅子さんっていう人のことが好きらしいんだよ、川辺は」

伊織は川辺の浮かれた顔を思い出して、嫌気を覚える。

「紅子さん、ね。矢代くんの幼馴染でしょう？　会ったことはないけど話だけ聞いたことがあったなぁ。美人で頭も良くって、しかも実家はお金持ちとか。そんな漫画のヒロインみたいな人本当にいるわけ？　とか思っちゃう。なーんか胡散臭(うさんくさ)いよねぇ。そういう人に限って、絶対裏があったりするんだから」

安定の嫌味ったらしいコメントを聞いて、伊織は鼻で笑う。

「織香さ、そういう考え方ってそろそろキツイと思うよ？　矢代さんって結構洞察力があって、人のことをよく見ている。今みたいな発言だけで、織香が人の悪口とか嫌味を平気で言えちゃう気分の悪い人だって分かる。もし、それがすでに矢代さんに見抜かれていたら、興味を持ってもらうどころか、距離を取られたって仕方ないと思うけど」

伊織本人こそが織香と距離を取りたいと思っているが、そこまでは言わない。伊織も、織香を批難できる程、できた人間ではないからだ。

織香は唇を噛んで伊織を睨んでいた。

「嫌味っぽいのは分かってるけど、そう思っちゃうのはしょうがないじゃない！　素直で純粋な少女のふりをして、本当に素敵ですよね〜憧れます！　なんて言うことができる時代なんて、小学校低学年で終わったのよ。もちろん人前では演技するから、思ったことをそのまま言うなんてしないわよ？　伊織の前だから言ってるだけよ」

「発言のことを指摘しているんじゃなくて、その考え方だよ！　小学校低学年に戻るんじゃなくて、なんで今は皮肉の塊みたいな人になったのかをもっと考えて、変えていかないと、矢代さんみたいな人とは釣り合わないって言ってるんだ」

織香は歯を食いしばったまま黙り込んだ。

伊織に言われなくても、彼女は十分理解している。

親や親戚からたっぷり愛情を注がれ、天才と囃し立てられて育った弟に嫉妬する毎日を過ごすあまり、物事の捉え方が歪曲してしまったのだ。それが弟のせいとは思っていないが、自分がどうすれば変化できるのかを、彼女は見つけることができないでいた。ただひたすら、必死に毎日を過ごすことで有耶無耶にしていた。

「じゃあ何よ！　伊織は自分の考え方について考えたことがあるわけ？　そんなこと、課題とかバイトとか就活とかで忙しい中、いつ考えればいいわけ？　私が自分と向き合えない怠慢な人間で矢代くんとは釣り合わないって言いたいのは分かるけど、じゃあ一体、どうすればいいの！　あんたが教えてくれるってわけでもないんでしょ？　面接受けて、こいつダメそうだな～みたいな目で見てくる試験官に必死で笑顔振りまいて、準備した台詞を喋って、それであっさり落とされるのよ。あんたみたいな人間いらないって、何度も何度も言われるのよ？　自分に問題があるって分かってもさ、問題がある自分が考えることって、何もかも問題だらけで、私なんて生まれた時からダメなんじゃないかって思えてくるのよ？　毎日辛くて生きるのやめたくなってるってのに、なんで誰も優しくしてくれないの。矢代くんみたいな、私の外見だけで私を判断しない人に、私を見てほしいって思うことの、何が悪いのよ！」

織香を取り囲むようにウィステリアの風が吹き荒れた。その風の冷たさに耐え兼ねたかのように、織香がめそめそと涙を流し始めてしまったので、伊織は慌てて立ち上がり、彼女の好物であるチョコパンを差し出す。すると織香は立ち上がり、冷蔵庫を勝手に物色し、コップに牛乳を入れて戻ってきた。パンだけでは口が乾くと思ったのだろう。彼女は目を赤く腫らして不機嫌な表情をしたまま、パンと牛乳を交互に食べ始めた。

伊織は正座で首をすくめながら、食事に没頭する姉を観察する。先ほど渦巻いたウィステリアは見えない。由貴子も纏っているあの色は、どんな色と言えるだろうか？　織香から見えるレッドスピネルは、矢代邦彦を想う気持ちだろう。その奥に見えるラディッシュブラウンは、どんな感情を示す色だろうか？　弟の前で無様に弱音を吐いて、泣き出して、怒りを発散するかのようにパンを頬張る彼女の、その感情はどんなものなのか？

牛乳を思い切り飲み込む織香を見て、伊織は眉を顰める。

「織香が好きなカフェオレもあるけど、牛乳で良かったの？」

甘党な彼女だったら、チョコパンとカフェオレという組み合わせだって平気だろうに、敢えて牛乳を選んだのはやや不自然だった。

織香は伊織を睨む。眉尻が下がってやや悲しんで見えるその顔を見た伊織は、あることを思い出す。かつて、同じように織香を怒らせた伊織は、機嫌を取ろうとして好物のカフェオレを差し出したことがあった。しかし彼女はさらに怒りを募らせ、部屋に閉じこもってしまったのだ。その時はへそ曲がりな姉に呆れただけで、その理由までを考えなかったが、あれはなんだったのか？

「なんで分かんないのよ！」

「え？」

彼女は眉を吊り上げる。

「生理中にカフェイン摂ると、お腹が痛くなるからよ！」

生理中はカフェイン摂取を避けた方が良い理由。

カフェインは血管を収縮させるため、体が冷えやすくなり生理痛の悪化につながる。

また、鉄分の吸収を阻害する働きがあるため、貧血を起こしやすい。

✷

「透子さん。鷺沼さんが紅茶を飲んでくれないのは、カフェインの摂取を避けていたからなんじゃないでしょうか？」

スコーンの材料をかき混ぜていた透子は、唐突な伊織の発言に目を丸くする。

伊織が、スマホで検索して知り得たばかりの情報をぎこちなく話して聞かせると、彼女は可笑しそうにクスクスと笑いだした。

「最初に由貴子さんがお店に来た時に、彼女が紅茶に手をつけずに戸惑っている姿を見て、きっとカフェインを摂りたくないんだろうなって思ってはいたのよ」

今度は伊織が目を丸くする。

「なら、どうして二回目に来店した時も、紅茶を出したんですか？　カフェインレスの紅茶だってありますよね？」

透子は天パンにスコーンの種を垂らしている。全粒粉で作った、透子お手製のスコーン。由貴子が唯一、この店で口にした食べ物だ。

「カフェインが摂りたくないのか、そもそも紅茶が嫌いなのか。何か別の理由があるのか。そこは見極めが難しいところだったわ。だから二回目も紅茶を出したの。二回目に出された時に、本当に飲めないのであれば、それを私に話すと思ったからよ」

「鷺沼さんがどちらなのか、観察していたんですね」

「ええ」

透子はオーブンに天パンを入れると、スイッチを入れて微笑む。

「未だに、理由は分からないんですか？」

「いいえ。あの日のアフタヌーンティーの食べ物が、その答えを教えてくれていたわ。沢渡くん、気がつかなかったかしら？」

アフタヌーンティーの食べ物。サンドイッチとスコーンとスイーツ。あれのどこに、その答えがあっただろうか？　由貴子が食べたのは、スコーンのみ。彼女は食べ物に興味を示してはいたものの、結局ほぼ食べなかった。むしろ、スコーンを食べたのが奇跡と言っても良い。カロリーを気にしているのだろうか？　いいや、それなら、キユウリのサンドイッチだって食べて良いはずだ。マヨネーズが入っているが、スイーツに比べれば低カロリーだ。それにカロリーが理由なら、紅茶は飲めるはずだ。では他にどんな理由があるのか？

伊織にはさっぱり分からなかった。

スコーンの焼ける香ばしい匂いに引き寄せられたように、由貴子が再び来店した。前の女子会スタイルと異なり、スウェットにサンダルというラフな服装だった。化粧もリップを引いただけで、髪の毛は初めて伊織が見かけた時と同様、肩に垂れ下がっていた。

見た瞬間に、今日の彼女は時間が無いということが分かった。

それでも店に足を運ぶ由貴子。紅茶も飲まないし、食べ物もほとんど食べないし、相談もほとんどしない。それでも来店するのはなぜなのか。

カウンターに案内され、椅子に腰をかけた由貴子に、透子は単刀直入に切り出す。

「たまには赤ちゃんと一緒に来ても良いのよ？」

その一言で、由貴子の中で堰き止めていたものが取り払われ、涙が溢れ出るのだった。

アフタヌーンティーの食べ物で、由貴子が手をつけなかったものには、糖質や脂質が多いものや、洋酒を使ったものがある。また、彼女は全粒粉のスコーンを一口だけ食べたが、透子が用意したジャムやクロテッドクリームを付けなかった。

「授乳中の女性は、脂肪分が高いものやアルコールの摂取を控えないと、赤ちゃんに悪影響を及ぼすことになる。カフェインも同じね。摂取すると赤ちゃんの寝つきが悪くなったり、興奮気味になったりしてしまう。由貴子さんが飲むことも食べることも躊躇していたのは、赤ちゃんのためでしょう?」

由貴子は頷く。彼女は伊織に渡されたハンカチで顔を拭うけれど、涙は止め処もなく流れていた。

「授乳中の赤ちゃんがいるのなら、少し急ぐわね」

透子は鍋を取り出すと、水とティーバッグを入れて火にかける。もう一つ鍋を用意すると、今度は不思議な壺を取り出す。下部はよく見る膨らんだ壺型だが、上部は円筒。その円筒部分から鍋へ流れ出たのは牛乳。

「大丈夫ですよ。まだ夫が起きているので、子供は彼に見てもらっています。今日は、買い物に行くと言って出てきました」

元気のない声を聞いて、透子は苦笑する。

「そろそろ話してもらえるかしら？　あなたがどうして、母として生きることに悩んでいるのか」

涙をハンカチで拭い終えると、由貴子は胸に手を当て、震える唇をなんとか開く。

少しずつ流れ落ちる涙のように、彼女の胸元から水たまりみたいなウィステリアの染みが浮き上がってきて、それは徐々に大きくなっていく。オイルグリーンの無数の糸がどこからともなく出現し、彼女の体に巻きつき動きを封じていく。由貴子はオイルグリーンを纏い、ウィステリアの冷たい湖に溺れているような状態となった。

伊織は、手帳に目の前の光景をメモする。以前よりも仔細に色を観察できている自分に驚きながら、彼は姉からも見たウィステリアについて考察する。

「大したことではないんですよ。よくあることで、母親であれば誰もが抱える苦労です。だから、わざわざ人にお話しするようなことなどではないんですけれども……」

由貴子の語りはぎこちない。伊織は思わず、彼女に歩み寄り、隣に座った。

オイルグリーン。これは、環境に支配されて、自分が見えなくなっている人の色。

「お願いです。それ以上、自分を消そうとしないでください。大したことないなんて、言わないでください。人と比べたりなんかしなくていいんです。他の人からは小さなことに見えたとしても、鷺沼さんにとっては大きな苦しみかもしれないから」

かつての自分に言い聞かせるみたいに、伊織はオイルグリーンの糸でがんじがらめの由貴子に語りかける。その糸を今すぐ解きたいが、指をかけて引っ張れるものではない。これは由貴子が訴えている感情でしかないからだ。感情には、感情で訴えかけるしかない。

「出会った時から思っていたけれど、優しいですね、沢渡さんって」

ちょっとだけ、オイルグリーンの糸が緩んだ。

「私、沢渡さんに声をかけてもらったあの夜、おかしかったんです。いつも通り、夜になったからあの子を寝かしつけて、自分も寝ようとしていたんです。夫はとっくに眠っていて、私もウトウトとしていたところで、夜泣きが始まりました。いつものことなので、ああ、また泣いちゃったなって思って、ベッドから起きて、あやそうと思ってあの子を抱っこしようとしたんですけど……」

ウィステリアの冷たい空気に、由貴子が息を詰まらせる。

眠り続ける夫。夜泣きする我が子。たった一人の母親。

彼女の寂しさと苦しさが、伊織にもひしひしと伝わる。

ウィステリア「他者からの愛情を感じられず、悲しんでいる人の色」

「なぜか、泣いているあの子に背を向けて。気が付いたら、夜の街を徘徊していました。沢渡さんに声をかけてもらわなかったら、いつまでさまよっていただろうか……。考えただけでもゾッとします。あの時に私、母親として生きていく自信が一気になくなって、自分が疑わしくなってしまって。自分に何が起きているのかも、分からなくって。もう、どうしたらいいのか分からないんです」

由貴子を悩ませているのが、我が子なのか、夫なのか、由貴子本人にあるのか。その原因は見えてこない。けれど今の彼女が、たった一人で苦しみ、自分を見失いそうになっているのは確かだ。伊織は彼女から、もっと具体的な話を聞き出したい欲に駆られるが、萎れた花のように寂しそうに佇む由貴子の表情を見ていると、何も聞けなかった。聞いたら、彼女は枯れてなくなってしまうのではないかと思えたからだ。

透子が由貴子の前に、マグカップを置いた。

湯気の立つマグカップの中身は薄茶色。一見すると、ミルクコーヒーのようだった。

「紅茶と烏龍茶と緑茶はすべて、茶の葉と呼ばれる、カメリア・シネンシスという植物の葉が原料。発酵度合いの違いで種類が分かれているだけで、元々は同じ葉っぱから作られているの」

「ええっ！　そうなんですか？　あんなに色も味も違うのに？」

伊織は思わず驚きを口にする。寂しそうにしていた由貴子も、顔を上げて首を傾げている。

「そうよ。でも、世の中には茶の葉が使われていないお茶もある。麦茶とか玉蜀黍茶とか、マテ茶とか、ルイボスティーなんかは、茶の葉が使われていないから、分類学上では茶外茶、あるいは代替茶と呼ばれているの。今日は、そんな茶外茶の一つである、オルヅォをミルクで煮出したものをご馳走するわ」

透子は「ORZO」と記された袋を、カウンターに置く。

「聞いたことのないお茶です。どうしてこのお茶なんですか？」

由貴子はマグカップを握るも、お茶の成分を気にしてか、飲もうとはしない。

「オルヅォはイタリアで飲まれている麦茶よ。見た目や味はコーヒーに近いけれど、ノンカフェインだから子供や授乳中の女性でも楽しめるの。歴史はとても古くて、古代ギリシャの医者ヒポクラテスが、病弱な人に処方していたとされているわ」

透子は自分のマグカップにも、ミルクティーにしたオルヅォを注いで、飲み始める。

「ほんのり焦げたような香ばしい香りと、温かく包み込むような優しい味わい。晴れた日の、黄金色の麦畑と動物たち。心穏やかな秋の夕暮れ。そんなイメージが湧くわね。オルヴォには食物繊維が多く含まれているほか、ビタミンやミネラル、アミノ酸も含まれている。ミルクで煮出せばカルシウムも摂れる。だから、由貴子さんにぴったりだと思ったのよ」

由貴子はゆっくりとマグカップを持ち上げ、一口飲み込んだ。彼女の中にオルヴォの温かさが入り込むと同時に、冷たいウィステリアのオーラが、蒸発するように薄れていった。

「由貴子さん。もしも行き場を失うような想いをする日が訪れたら、いつでもここに来たらいいわ。泣き止まない赤ちゃんを連れてきたって、構わないわ。一緒にゆっくり、夜の時間を過ごしましょう？」

由貴子は何度も瞬きをして頬に涙を伝わせながら、「ありがとうございます」と返す。

透子は、伊織や早坂涼平の時のように、悩みの原因を突き詰めていくような聞き方をしなかった。伊織は、夜泣きした赤ん坊に気づかずに眠りこける夫を批難してもいいと思ったが、場の空気を読んでこれを控えた。憶測で見知らぬ夫を悪く言うことは、由貴子を傷つけることになるし、何より、由貴子本人が具体的な話を始めない限りはどうにもできないからだ。

由貴子はオルヴォのミルクティーを飲み干した。

彼女は頬を、子供みたいに赤らめていた。

「ミルクコーヒーみたいで美味しい。紅茶もコーヒーも飲めなかったから、こんな飲み物があることを知れて、すごく嬉しい」

目に涙を溜めながら、彼女は微笑む。

するするとオイルグリーンの糸が緩んで、どこかへ抜けて消えていく。代わりに彼女の胸元に現れたのは、秋の夕日を連想させる紅柿色（ジャスパーレッド）の灯り。彷徨（さまよ）った末に安寧の地を見つけたようなほっとした表情に、見ている伊織の頬も綻んだ。

アルデバランの店内が、一面に広がる麦畑のように暖かで穏やかな時間となる。

手帳を開いて、伊織はこの豊かな時間について書き留めておくのだった。

第四話　和紅茶

先日張ったキャンバスはまだ白かった。題材も描き方も自由な今度の課題は、制約が無い分楽に思えるが、実は一番困難だと伊織は痛感していた。キャンバスを眺めていると、徐々に画面が拡大していき網目のわずかな陰影に注目するようになり、それをじっと眺めていると、手も頭も止まってしまう。物質としてそこに完成されたものがあるというのに、一体全体なぜ誰もが、ここに躊躇なくピーナッツクリームみたいな絵の具をベタベタと乗せる気になれるというのやら。なんて、戯言が思い浮かんでしまう。天邪鬼になっている暇があったら向き合えと人は言うかもしれないが、困難なこととは得てして、最初に人から、その対象と向き合う気力を奪うものだ。奪われた気力を取り戻すためには、強気に屁理屈を並べ立ててどうにか抵抗し、自分を奮い立たせるしか伊織にはできない。

気を取り直そう。

さて、自分は何が描きたいだろうか？

自分は最近、何を見ているだろうか。

思い浮かぶのは、アルデバランでの出来事。透子とその客人との、心安らぐ静かな夜の時間。彩り鮮やかなあの夜の要素を、作品に取り入れてみるのはどうだろうか？

だけど、どうやって？

その場合、主題は何になる？

伊織は腕組みをして、眉間に皺を寄せて考え続ける。

何を考えても、黒の巻き毛と青灰色の瞳の店主の思考に同調している自分しか出てこない。自分は、椿紅透子の虜になっているだけの間抜けな男なのではないだろうか？　そう思うとやけに自分が、阿呆で退屈な男に思えて、嫌気が差してきた。

ああ。また、オイルグリーンの靄がおでこの辺りから湧き上がっている。

どうやったら自分は、このオイルグリーンを取り去れるだろうか。

ふと、伊織は視線をアトリエの端へ向けた。真っ白な壁で囲われたアトリエの中には、数名の学生がこぞってイーゼルを並べ、キャンバスを立てかけ、絵筆を握って制作に没頭している。キャンバスを壁に立てかけたり、床に置いて寝転がっている者もいる。そんな中、アトリエの端、角の部分を陣取っているのは、友人の川辺雄大。少し前まで「紅子さん」に夢中になっていた彼だが、今は両目を魚のようにぱっちり開いてキャンバスに向き合っている。相変わらずレッドスピネルの煙をムンムンと噴出させているが、作業着や手を絵の具だらけにしながら、キャンバスに噛み付くような勢いで絵を描いていた。

恋愛に現を抜かしていたくせに、いつのまにか制作に集中している雄大を目にして、伊織は焦りを覚え、思わず目を逸らす。雄大だけでなく、他の様々な学生が、各々妙な色を噴出させている。その色たちが何を示しているのか、考える気になれない。伊織は立ち上がる。この脅迫的な空間から逃れようと、彼はアトリエから出て、曇天の空を見上げた。

土曜日が訪れた。熱心な学生は今日もアトリエにいるか、ギャラリーや美術館を巡っていることだろう。けれど伊織は、どちらをする気分にもなれなかった。そもそも自分には物事と向き合う根性や覚悟が足りないのかもしれない、なんて思うと、虚しくなる。せっかく透子が時間を作ってくれたのに、のんべんだらりと何もしないで過ごしている。才能がある人とは、なんでも器用にこなす人でもなく、生まれつき優れた能力を持っている人でもなく、その物事を何があっても続けていくことができる人のことなのだと感じる。

どうやったら、そんな人間になることができるだろうか？

動画サイトを見たら、「好きだから」の一言だけで踊り続けるバレエダンサーがいた。その「好き」とは、どんな感情なんだろうか？

途方に暮れながら、人で賑わう商店街のアーケードを歩いていた伊織は、唐突に足を止めた。

前方に、透子がいたからだ。彼女は藍色のワンピースに白いサンダルという、涼しげでエレガントな服装だった。くるくると巻かれた長い黒髪が風に吹かれ、白い横顔が露わになる。彼女は隣の人物に笑いかけている。彼女の視線の先にいるのは矢代邦彦。ワックスでしっかりスタイリングした髪と、ベージュのスーツに革靴。一目でいつもより身なりを整えていることが分かる。

美男美女は互いに笑い合っている。

伊織は瞬時に顔を伏せ、そばにある文具店に身を隠す。リラックスした様子で話す透子と、やや気張ったような邦彦。どう見ても、出会ったばかりの間柄ではない。随分と昔からの顔馴染みといった雰囲気。伊織が思い出しているのは、骨格研究会の部室で「彼女は幼馴染なんだ」と語っていた邦彦のこと。

「やっぱり、そうなんだ」

点と点が繋がった気がした。

透子と邦彦は五分ほど立ち話をして別れた。透子は軽やかに手を振ると、背中を向けて颯爽と歩き去る。邦彦は、名残惜しそうにその後ろ姿が遠のくのを見届け、踵を返した。その時、文具店にいる伊織とバッチリ目が合う。

伊織と邦彦はしばし見つめ合う。口火を切ったのは邦彦だった。凍りつく伊織に歩み寄る彼の額に、文具店の蛍光灯の明かりが差し込み、石膏像のように、鼻筋と瞼が強調される。顔面の造作が美しい者ほど、真顔が冷たく恐ろしい印象になるため、緊張感が走る。

珍しく、伊織は一瞬だけ、真顔で歩いてくる邦彦から色味を感じた。

バイオレットブルー。その色に驚き、息を呑んだ伊織に、邦彦が声をかけた。

「沢渡くん。そこの喫茶店でお茶でもどう?」

商店街の中にある古びた喫茶店に入ると、二人はソファー席に通された。頼んだコーヒーが出てきたところで、邦彦がため息交じりに話し出す。

「この間、僕の小説が文芸賞を受賞したんだ。さっきはその報告を紅子にしていたんだ」

邦彦の身なりが整っているのは、夕方から授賞式が行われるからだそうだ。

「お、おめでとうございます」

伊織の言葉に「どうも」と返すと、邦彦は不敵に笑った。

「紅子と椿紅透子が同一人物であることに、沢渡くんは気がついていただろう？　君はアルデバランに行っているし、今も世話になっているようだからね」

「なんでバイトしていること、知ってるんですか？」

邦彦には一言も話していないはずなのに、なぜ知られているのか。

理由は単純だった。

「さっき紅子から聞いたよ。店に訪れた英華芸術大学の学生を雇っているってね。それって沢渡くん？　て聞いたら、驚いた顔で頷いていた」

「はぁ、なるほど」

「勘違いしないでほしいけれど、僕と紅子は確かに幼馴染だが、深い仲ではない。さっきも、偶然すれ違ったから少し立ち話をしただけだ。川辺くんの恋路を邪魔したりしないから、安心してほしい」

邦彦には、伊織が雄大の恋愛を応援する優しい友人に見えているようだ。伊織の態度がぎこちないのは、邦彦が友人の恋敵の可能性があると考えているからだと思っているのだろう。

しかし、実際の伊織は雄大のことなど殆ど気にしていない。むしろ、激しくどよめく自分の心を抑え込むので精一杯だった。

透子と紅子が同一人物だと断定したことと、そこから判明した、雄大が透子に恋慕しているという事実。この二つの衝撃に、伊織は完全に打ちのめされていた。

「紅子っていうのは、幼い頃の僕が彼女に付けたあだ名なんだ。彼女は名前の通り、赤い椿のような人だと思ったから、調子に乗ってそう呼んだ。彼女は特に嫌がらなかったから、紅子って呼ぶのが定着してしまって、未だにそのままなんだ」

赤い椿と言った瞬間に、邦彦から一瞬だけレッドスピネルが浮かんで消えた。普段見せている理知的な光を宿した瞳はなく、その表情は緩んでいた。

「えっと。憧れていたんですか？　透子さんに」

聞いてすぐに伊織は後悔する。あまりにも単刀直入なので、邦彦に悪いと感じたからだ。しかし、彼は噴き出しただけだった。

「そりゃあね。小さな頃から付き合いがあって、よく顔を合わせていた人だ。身近に、綺麗で優しくてなんでもできる女性がいたら、どうしたって気になるだろ。僕も変に気取った性格だから、今考えると恥ずかしくて目も当てられないことをいくつもしたけれど、彼女はいつだって可笑しそうに笑ってくれた。驚くほどできた人だと思う反面、摑みどころがなくてなかなか近寄れない人だとも思った。高嶺の花という言葉は、彼女のような人間を表すものなんだろうね」

伊織は身を乗り出す。

「透子さんのこと、好きでしたか？」

邦彦は伊織の目の色を見て、やや眉を顰めた。彼は、焦りと好奇心の入り混じるギラついた伊織の目に、違和感を覚えたのだ。

「昔は好きだったかな。今はそうでもない。相変わらず僕は彼女を尊敬しているけれど、それ以上のことはないよ」

邦彦は敢えて聞かない。ただジロリと伊織を見るだけ。

伊織は、鋭い邦彦の視線を受けて黙り込む。

「君は？」

しばらく待っても伊織が何も言わないので、邦彦は核心を突く。

伊織はじっと地面のタイルを観察しながら、言葉を必死で探した。

「えっと、透子さんは素敵な人だと思います。人のことをよく見ていて、紅茶にも詳しくて。だから、尊敬しています」

邦彦は首を傾げて苦笑すると、顔を上げて、角の席に向かって微笑む。釣られて伊織もそちらを見ると、そこにいたのは近くの中学校の制服を着た女の子たち。彼女たちは数分前から、容姿端麗な邦彦に釘付けになり、遠巻きに眺めて、はしゃいでいたのだ。邦彦と目が合うと、彼女たちは椅子から飛び跳ねて歓声をあげる。

邦彦が思いの外サービス精神がある男であることに感心しつつ、女子中学生たちを観察していた伊織は、一人だけ、喜びとは真逆の雰囲気を放つ少女がいることに気づく。チューリップ畑を連想するような、エルモサピンクやイエローオレンジ、スカーレットなどの色が紙吹雪みたいに舞い上がっている中、彼女は、変色したエンジンオイルのような、どす黒い色をむくむくと漂わせていた。

伊織は思わず立ち上がり、一直線に彼女たちのテーブルへ近寄った。女子中学生たちは思わぬ人物の接近を不審がり、邦彦を見るために乗り出していた身を引いて伊織を睨む。伊織はそんな塩対応など意に介さず、まっすぐに一人の少女を見つめる。

ダークグレーの靄を纏っているのは、直毛で重ためのボブカットが印象的な、丸顔の少女。綺麗に揃った前髪の下に覗く奥二重の目は、伊織をキツく睨み返している。

ワイシャツは第二ボタンまで開けていて、本来着けるはずのリボンタイは首元ではなく、ボストンバッグに括り付けてあった。頬杖をついてほっぺを餅みたいに膨らませながら、彼女は不機嫌そうにストローを咥え、オレンジジュースを啜る。

「あの、何か悩み事とかあるんじゃないかな？」

「はぁ？」

伊織の接近に反発するように、彼女はオレンジジュースのグラスをテーブルに叩きつけた。それでも伊織は怯まない。彼は今、ダークグレーの靄の正体を探ることしか考えていない。

「これ、あげます。紅茶のお店の名刺です。もし興味があったら、ウェブサイトを見てください。そこの、二十三時の喫茶店というページで占いをしてみてください。占いしても微妙だったら、感想欄に悩みを書いて送ってください。二十三時って書いてあるけど、門限とかあるようだったら、もっと早い時間でもお店に入れると思います。ここの店主は、お客さんに合わせることができるので。だから、ぜひ！」

「はぁ？　意味分かんねー」

差し出された名刺を見て、彼女は眉間に皺を寄せる。周りの友人たちは、ひそひそ声で語り合う。「そっちに好かれるとか、栞菜どんまい」「おまえは呼んでねーわ」などという陰口は伊織の耳にもばっちり入り込んでいるが、鋼の精神を持つ伊織は微動だにしない。

「受け取るだけでいいから！」

伊織は両手で名刺を差し出す。妙に押しの強い変な男に気圧(けお)され、少女は渋々片手を伸ばし、伊織の手から名刺をもぎ取った。彼女の視線は、伊織の背後、やや遠くへ向けられている。邦彦だ。今しがた注目していたイケメンに嫌われたくはないから、仕方なく伊織から名刺を受け取ることにしたのだろう。

少女が名刺を受け取ると、伊織は速やかに自分のテーブルへ戻った。

一連の光景を見ていた邦彦が、伊織のことを見たことのないものを見るような目で観察している。

「沢渡くん。今、何をしたの？」

「アルデバランの名刺を渡しただけですよ？」

「なんで、あの子だけに？」

「なんでって。あの子だけが重油みたいな、黒っぽいオーラを放っているから、悩みを抱えているんだろうと思ったからです」

「あの子だけが黒い？　僕にはそうは見えないけれど。沢渡くんは変なことを言うね」

何事にも動じなそうな邦彦が、伊織の行動を不思議がっている。透子が自然に受け入れてくれているので、伊織は、自分がけったいであったことに気づく。

自分が本来はオカシイことを、失念していたのだ。名刺を渡された少女も、さぞ気味の悪い思いをしたことだろう。

気をつけなければ。と、伊織は自分を戒めた。

喫茶店から出て邦彦と別れた伊織は、商店街の突き当たりにある公園の階段に座って、噴水広場で遊ぶ子供達を眺めていた。夏の陽光が水に反射して、子供達が輝いて見える。対する伊織は辛気臭くて冴えない空気を漂わせていた。

「文芸賞って、凄いなぁ」

回らぬ頭で考えて出てきた一言。何を為すこともできずにいる伊織とは対照的な邦彦を、心底羨ましいと思う。それだけ、彼は自らと向き合って研鑽を積んだのだろう。伊織は、そんな功績を得る日が自分に訪れるとは到底思えず、どんどん無力感に見舞われる。自分は一体、何を目指していけば良いのやらと途方に暮れる。

その時。

「ねえ、あんた」

　真横に誰かが立っていた。白いソックスと黒いローファーが見える。もしやと顔を上げると、やはりそこにいたのは、先ほどの女子中学生だった。彼女はしゃがんで伊織を見る。間近で彼女の顔を見ると、校則に引っかからない程度の化粧が施されているのが分かった。

「紅茶専門店の名刺なんて渡して、どういうつもり？　私が紅茶買うとなんか良いことあるわけ？」

「違うよ。そのお店は悩み相談ができるから、君に良いかなって思っただけだよ」

「私、悩みがありそうに見える？」

　小動物みたいな目でこちらを見上げる彼女からは、やはりダークグレーの靄が出ている。

「見える、かな」

「どんな悩み？」

「いや、そこまでは分からない」

「何それめっちゃ適当！　新手のナンパなわけぇ？」

「そんなわけないだろ！」

彼女は再び立ち上がり、仁王立ちになって伊織を見下ろす。

「あたし戸張栞菜。西中二年。あんたは？　高校生？」

まだ垢抜けない伊織は、大学生には見えないらしい。

「沢渡伊織。英華芸術大学の一年だ」

「え。大学生だったの？　じゃあお金持ってる？　遊びに行こうよ！」

栞菜は伊織の右腕を引っ張って立ち上がらせると、そのまま手を引いて勢いよく歩き出す。制服姿の少女と街を歩いている姿を大学の誰かに目撃されたらと思うと、背筋に冷や汗が流れた。

「待ってくれ。流石に制服を着た中学生と行動なんかできないって！」

「そんなの兄妹ってことにすれば良いだけじゃん！　それか、あんたの友達の妹ってことにするとか？」

「いや、厳しいだろどっちも。大体なんで土曜日なのに制服着ているんだよ」

「制服って少女の特権じゃない。これを着ることは中学生から高校生までのほんの一瞬。大学生になった途端に、この少女の称号が剝奪されちゃうから、今のうちに堪能しておくの！」

「いやあの、学校ない日に制服で出歩くって、校則違反にはならないのか？」

「どうでもいいでしょ。さっきから真面目でつまんないやつ。いいから、あそこのワッフルおごりなさいよ！」

「なんで俺が。嫌に決まってるだろ！」

　道行く人々が伊織と栞菜に注目する。些(いささ)か声が大きかったようだ。人が多い商店街では目立ってしまう。

「ケチ！　だったらあのソフトクリーム！」

　栞菜は伊織の手を引きちぎりそうな勢いで引っ張り、大股で歩き出す。「いたぁ！」と間抜けな声を漏らしながら、伊織は背筋を曲げた情けない姿勢で彼女に付いていった。

　伊織は結局、その後の数時間を栞菜と過ごす羽目になった。画材を買うために貯(た)めていたお金を、栞菜が食べたいと言ったソフトクリーム、栞菜が欲しいと言った韓国コスメ、栞菜が撮りたいと言ったコスプレ付き写真シールなどに使ってしまった。中学生なので、高額なものは要求してこないのが救いではあるが、無駄遣いしていることには変わらない。今月のコンビニバイトは増やした方が良いだろう。

　栞菜相手に気取りたいとは、一ミリたりとも思ってはいない。

　ただ、自分の無力さを少しでも感じずに済むような気がしたので、彼女に振り回され金を出す間抜けになってしまった。

「俺って馬鹿だな」

楽しそうに前を歩く琹菜を見ながら、伊織は落胆した。

日は落ちて、琹菜を取り巻くダークグレーが紛れて見えなくなるほどの暗闇が街を支配する。道標となる街灯の明かりが暗闇の中にポツリポツリと浮かぶ中、伊織は背後から聞こえてくる足音に困り果てながら、アパートを目指して歩いていた。

「お前はストーカーか！　散々遊んだんだから、自分の家に帰れよ！」

「いいじゃーん。どうせ暇でしょ伊織。彼女がいるわけでもなさそーだしさ」

「その呼び方やめろ。そんで早く帰れ。補導されるぞ！」

琹菜はスキップしながら、伊織の真横を通り抜けて、その先にある街灯の下に立つ。

舞い上がる髪には天使のリングが現れ、軽く広げた両腕は羽のように軽やか。膝上まで上げられたスカートからは、肉付きの乏しい平滑でスラリとした脚が伸びている。

本人は女子高生くらいの気分で、年上の男をからかう遊びを楽しんでいるようだが、少しの陰も見られない、挑発性のみを前面に押し出した輝く瞳は、相手を疑うことを知らない子供であることを如実に語っている。

伊織は立ち止まる。

栞菜はクスクスと小悪魔っぽく笑って、伊織のことを頭の上から足の先まで、舐めるように見つめる。

「ねえ、伊織。栞菜のこと家に入れてよ。どうせ一人で退屈な夜を過ごしているんでしょ？」

伊織はげんなりとした。あまりにも軽率で反吐が出る。

「バカにするなクソガキ。さっさと帰れ。迷惑なんだよ」

可能な限り冷たく愛想のない声色で、伊織は栞菜を諌めた。

しかし栞菜は動かなかった。細い体を反らせて、伊織のことを見つめ続ける。

一体、この中学生は何を考えているのか。きっと今、自分のアパートに帰ろうとすれば、彼女は意地でも付いてきて部屋に滑り込んでくるだろう。彼女の自宅まで送ってあげるべきだと思うが、言うことを聞いてくれる気がしない。

伊織は頭を抱える。

自分のせいで懊悩する伊織を見ていることが愉快で、栞菜はくすくすと笑う。

その時、栞菜の後方、アパートを通り越したところに生えている木の辺りで、ゆらりと動く影が見えた。

街灯の明かりを受け、昼にも見かけた藍色の裾が露わになる。

「沢渡くん？」

そこにいたのは、エコバッグを肩にかけた透子だった。

透子は二人をアルデバランに招き入れてくれた。

先に栞菜を店内に通し、続いて伊織が入る際、彼女は困ったように首を傾げながら、疑惑の目を向けた。二十一時を回る時間に制服を着た少女と何をしているのかと、無言で問うているのだ。

弁明しようにも、どう説明するべきか悩む伊織に、透子が近寄る。

「あの子は沢渡くんの知り合いなのかしら？」

透子は、伊織がまた知り合いに店を紹介したのだと思ったようだ。

「いえ、彼女は今日知り合ったばかりなんですが、なぜか俺に付いてきてしまって。家に帰ってほしいと言っても、言うことを聞いてくれないんです」

「沢渡くんって、プレイボーイなの？」

状況を簡潔にまとめ過ぎたせいで、透子が間違った解釈をしてしまった。

「違います。むしろ俺が遊ばれています！　理由は分からないです……」

全力で困っていることをアピールするために、身振り手振りを使いながら話すと、透子はやれやれと首を振りながら、キッチンへ向かった。

栞菜と伊織は、カウンター席に隣り合う形で座った。伊織は透子の手伝いをしようとしたが、勤務日でない日に手を貸す必要はないと言われたので、渋々栞菜の相手をしていた。

「冴えない見た目のくせに、洒落(しゃれ)たところでバイトしてるんだね、伊織」

カウンター席のハイスツールは背の低い栞菜には高いようで、彼女は足をぶらぶらと振っていた。頬杖をついて、品定めをするように店内や透子の様子を観察している。気に食わなそうに口を曲げ、鋭い目つきで透子を睨んでいる。透子の隙を探しているのが丸分かりだった。自分の感情を隠さず堂々と態度に出す彼女からは、やはりダークグレーの靄が出ているのだが、色など見えずとも誰もが気づくほど彼女は不機嫌だった。

「俺がどんなところでバイトしていようが、関係ないだろ」

栞菜を見ていると懐かしい気分になる。伊織にも、現実が自分の思い通りにならないと、それを周りに当たり散らした経験があるからだ。

透子が紅茶とマカロンを出してきた。

「夏摘みのダージリンとマカロン。紅茶は、お好みでミルクや砂糖を入れて飲んでね」

絵画から抜け出てきたような美人に微笑みを向けられた琹菜は、透子を睨み返した。

「こんなの頼んでないんだけど」

「これはサービスよ。お金を払う必要はないわ」

「マジ？　ラッキー！」

琹菜は迷わず、透子が用意してくれた銀メッキの小瓶に入ったミルクを紅茶に流し込む。そして、角砂糖を五、六個投下し、スプーンでしっかりかき混ぜる。一度味見をすると、もう一つ角砂糖を追加して、ようやく普通に飲み始めた。マカロンと甘いミルクティーを堪能する琹菜を見て、伊織は複雑な気持ちになった。

中学生くらいの頃、伊織はペットボトルの甘いミルクティーが大好物で毎日のように飲んでいた。虫歯になるからやめるように母親に言われてもなお、飲み続けていた。紅茶とはこういうものだ。自分はこういう紅茶を常に飲みたい。と思い込んでいると、他で出される紅茶も自分が好きな甘いミルクティーに仕上げてから飲むようになり、この紅茶の本来の味わいを知ろうとは思わなくなる。本来の味わいが存在することとなど考えもしないし、それがあると聞いたところで知る意味を感じない。飲みたい味以外は飲みたくないから、飲みたいように飲むだけ。栞菜を見ていると、そんなかつての自分を思い出さずにはいられなかった。

「美味しいかしら？」

「そこそこかな」

偉そうな態度の栞菜。

透子はクスリと笑った。

栞菜は素早く頭を上げる。

「何笑ってるわけ？　なんかおかしかった？」

「いいえ」

「じゃあなんで笑ったの！」

「美味しそうに食事している人を見て楽しそうだなって思って笑うことが、そんなに変かしら？」

栞菜は黙る。

「私が、あなたのことをバカにしていると思ったのかしら？」

「普通そう思うでしょ！」

「そう……。沢渡くんも、思った？」

突然振られたので、伊織は背筋を伸ばす。

「俺は、全く思わなかったです。透子さんはお客さんの前でよく笑いますから」

琹菜は伊織を睨んだ。まるで敵視しているかのような、憎しみの籠った目つきだ。

「なんか疲れた。もうつまんないし、私帰る！」

へそを曲げた彼女は、紅茶もマカロンも食べかけたまま、ハイスツールから飛び降りて店を飛び出た。夜道を一人で歩かせることに不安を覚えた伊織は、焦って店から出るが、駅へ向かって走っていく後ろ姿を見て諦めた。きっと、追いかけられてまで、見送ってほしくなどないだろうと思ったからだ。

「あの子とは、どうやって知り合ったの？」

店の前で立ち尽くす伊織に、入り口扉を開けた透子が尋ねる。

伊織は我に返り、片手で後頭部をかきながら苦笑する。

「今日立ち寄ったカフェで、偶然知り合ったんです。彼女から濁った黒っぽい靄が出ているのが見えて、何か心に悩みを抱えているんじゃないかと思って、アルデバランの名刺を渡しました。そしたらなぜか、彼女の遊びに付き合わされてしまって、こんな時間まで付いてこられちゃったんです……」

　透子はため息を吐く。

「流されていないで、きちんと断りなさい。いくらあなたが悪くなかったとしても、何かあった時に責められるのは、成人しているあなたの方になるのよ？　まあその、ごほん。沢渡くんとあの子が惹かれ合っていて離れ難いということなら、相談には乗るけれど」

「そんなんじゃないです。たとえ彼女が同い年だったとしても、今日会ったばかりの人を好きになったりしません！」

「冗談よ。とてもそんな仲には見えなかったもの。お姫様に振り回されて、大変だったわね」

　透子はまた微笑む。街灯に照らされた彼女の肌は真珠のように白く輝き、美貌も相まってやけに神々しい。彼女と対峙する時、伊織はたまに、絵画を見ているか、あるいは映画館のスクリーンを眺めているような、妙な気分になる。間違いなく目の前にいるが、どこかが断絶されていて、彼女が遠く離れた時空のどこかで微笑んでいるような感覚に支配される。それは、透子から色が見えないからでもあるし、透子という人間のことを未だに知り切れていないからでもあるだろう。

「それにしても、人の感情の色が見えて、その人の状態を理解できるというのは、まるでティーテイスターみたいな才能ね」

「理解できるわけじゃないですよ。なんとなく予想できるだけで……。えっと、ティーテイスターって、なんですか？」

　透子は店の脇に生える木の葉を、指先で突きながら話す。

「前にも話したけれど、お茶って生き物だから、年によって味に違いがあるの。その変化を捉えて、茶葉をブレンドして、一定の基準を保つのがティーテイスターの仕事よ。沢渡くんは、ティーテイスターがお茶の変化を捉えるような繊細な感覚で、人のことを見ているように思えたのよ」

　青灰色のガラスのような瞳が、こちらを呑み込んでくるようにじっと見てくる。彼女はただ観察しているだけだが、見られる伊織は落ち着かない。こちらは彼女のことを捉えられないのに、彼女はその蠱惑的な瞳でどこまでも伊織を暴いてくる。その感覚が、足場の見えぬ空間に放り投げられたようで落ち着かない。

　ティーテイスターがお茶の味を捉える訓練を積むように、自分も人の色について分析して解像度を上げ、人の感情の理解度を深めれば、何かを見つけられるのだろうか？

この果てに自分が見据えているのは、なんなのか？

✷

「伊織ぃ！　やっほー」

　アルデバランでバイト中、いきなり栞菜が現れた。今夜は由貴子が来店しており、透子が接客中だった。伊織は慌てて入り口扉へと駆け寄り、小声で話す。

「おい。今何時だと思ってるんだ。とっとと帰れ！」

　時刻は二十三時。栞菜は前回と違って、ラフな白Tシャツとジーンズ素材の短パン姿。制服姿でないだけマシだが、中学生であることには変わらない。

「夜に出歩くと大人が煩(うるさ)いから、仕方なく少女の特権を着てこなかったのに、そんなつまんないこと言わないでくれる？　私が危ないと思うなら、とりあえずこのお店に入れてよ。私また、あのマカロン食べたいなー」

「マカロンはない。それに今日は、別のお客様がいるんだ。帰ってくれ」

「私はお客じゃないっていうの？　あの透子って人に任せて、伊織が私の接客すればいいじゃない。ここの店員なんでしょ？」

生意気な小娘に捕まっている伊織を、ソファー席から透子が見ていた。伊織がその視線に気づいて振り返ると、透子は手のひらで促す。栞菜を通しても良いという、意思表示だ。

「とにかく、そこに座れ」

伊織は入り口近くのテーブル席に栞菜を通すと、グラスに水を汲んで、彼女の前に置いた。

「なんで紅茶じゃないのよ」

「いきなり来ておいて文句言うな。一体、何しに来たんだよ」

栞菜は水を一口飲むと、頬杖をつく。新しいコスメでメイクアップした彼女の顔は、白餅のようにきめ細かく、頬や瞼には暖色の色味が入り、ボブカットの前髪部分はワックスでアレンジが加わっていた。パッと見た印象だと高校生に近い。少女であることを自慢げに語りつつも、どこか大人びた印象にも憧れを持っているような、そのアンバランスさは、年頃の少女らしいなと伊織は思う。

「伊織と話すために来たに決まってんでしょ。ねえ、今度大学に連れてってよ。大学の敷地って広いんでしょ？　コンビニとかもあるんでしょ？　行ってみたいな～！」

「絶対嫌だ」

伊織は栞菜の向かい側に座り、透子たちの様子を横目で見ながら応対する。

「どーしてよ！　大学の中って誰が入っても大丈夫なんでしょ？　モグリとかできるって聞いたことあるよ」

「ダメだ。遊ぶ場所じゃないんだぞ、部外者がフラフラ来るんじゃない！」

栞菜の言う通り、伊織の大学の警備はザルで、近所のおじさんが、構内で犬の散歩をしていることすらある。だからといってこの生意気で世間知らずの中学生に「入っても大丈夫」と教えたらいけない。真面目であることが全てとは言わないが、彼女には真面目な道筋を示しておかないと、どこまでも自分勝手に飛び出してしまいそうで恐ろしい。

わずか十九歳で、親のような心境になるなど、伊織は夢にも思わなかった。

「伊織って本当にケチね！　ま、この間いっぱい奢(おご)ってくれたから許すけどー。あ、聞いてよ！　今日のお昼、摩耶(まや)たちと遊んでたんだけどさぁ。私の顔見てめっちゃ羨ましがってたよ。しかもそれを、伊織が買ってくれたって言ったら、余計に羨ましそうにしてたの！　なんでだと思う？」

「欲しいもの奢ってもらったら、そら羨ましいと思うだろ」

「つまんない答えー。それもあるけどー、ほら、伊織がカフェで一緒にいたイケメンいるでしょ？　伊織と繋がってるってことはぁ、私はあのイケメンとも繋がりやすいってわけ！　みんなそこも羨ましがっていたわけよ。あははは！」

「なんだそりゃ。くだらないこと考えてないで勉強しろよ。高校受験あるだろ」

「別にいいじゃん、楽しいんだからさー。で、あのイケメンって何て人なの？　同じ大学の人？」

伊織はため息を吐く。織香といい栞菜といい、邦彦と繋がるために伊織を利用しようとする人間ばかりで反吐が出る。その上、目の前の栞菜は、態度こそ明るいが、先ほどからダークグレーの靄がみるみると増えている。彼女の体内で何かが燃えていて、黒煙が肌を通過して大気を漂っているかのように、もくもくと靄が噴出し続けている。

「お前、あの人に興味ないだろ。自分のステータスのために、イケメンってだけで近寄ろうとしてるんなら、絶対教えないからな」

栞菜はようやく、笑顔が張り付いた顔を歪ませた。

「また、つまんないこと言ってる。マジ何。ステータスを手に入れることの何が悪いの。真面目にしろとか、健気でいろとか、クソウゼーんだよ。大人はみんな綺麗事言うけどさ、でも実際、世の中なんて全然平等じゃない、超不平等！　生まれた時から良い外見とか莫大な財力を持ってるやつには、到底敵わない。生まれた時から高い知能を持ってるやつとか、何かの才能に恵まれたやつには敵わない。それを持っていない凡人はさ、無理やりにでも手にいれるしかなくない？」

「それで、無理やり矢代さんと繋がったところでどうするんだよ！　言っとくけど、あの人は俺とは違って、そんな軽い考えの人間なんか相手にしないぞ？」

「どこが軽いのよ！　大人だって婚活アプリとかで、外見とか職業とか年収とか家族とか見て、結婚相手の査定してるじゃん！　二十代後半とか三十代の惨めな大人になる前に、誰もが持て囃す少女のうちに、勝ち組ルート辿っておくのよ！　ちんたら生きてる伊織みたいな男には、到底理解できないだろうけどね！」

「おい、価値観どうなってるんだよ。まだ中学生だろ？　同級生との青春を楽しむ時期に、何てこと考えてやがるんだ！」

排気ガスのようにダークグレーの靄が辺りに充満しているので、伊織は思わず咳き込む。実際に靄が鼻腔や喉を刺激しているわけではないが、視覚情報の訴える力は非常に強く、つい惑わされてしまう。

ふと、伊織の背後に気配を感じる。

「二人とも、声が大きいわ。他にもお客様がいらっしゃるから、もう少し静かにしてくれないかしら」

振り返ると、黒いエプロン姿の透子が二人を見下ろしていた。

透子が紅茶を淹れ始めた。由貴子は紅茶を飲まないので、栞菜のために淹れていると思われる。彼女は白磁のティーカップに紅茶を注ぐと、トレーに載せて伊織たちがいるテーブルに運んできた。カップは二つ。栞菜だけでなく、伊織にも淹れたようだ。二人の前に、それぞれカップを置くと、テーブルの真ん中にミルクを置いて、透子は一歩下がる。トレーを抱えた彼女は、栞菜と伊織を交互に見る。

「どうぞ。ちょっと、びっくりするかもしれないけれど」

カップを覗き込むと、濃い橙色の水色(すいしょく)が見えてくると同時に、湯気がふわりと顔面を撫でる。

栞菜は途端に顔を顰め、ごほごほとむせ込みながらカップから顔を離した。

伊織もその香りにしばし放心していた。見た目は紅茶だが、湿布のような臭いが鼻を突いて、目が冴え冴えとする。栞菜は飲むことを諦めたが、伊織は紅茶を口に含んだ。透子が淹れてくれたのだから、飲まないわけにはいかない。

「味は、そんなに特殊ではないけど、香りが衝撃的……」

思いの外穏やかな、甘みのある味わいに伊織は安心した。ミルクを足して飲んでみると、湿地帯の森林と山小屋のイメージが湧いた。燻したような煙たさは、香木を連想させる。柔らかなミルクの味わいが混ざると、牧歌的な時間を感じられて心地よい。

「人と自然が交わっているような感じで、結構良いですね」

伊織は紅茶の水色に似た、赤朽葉色の風が自分の頭部の周りに吹いている様を眺めながら、ぽろりとつぶやいた。

栞菜は蔑む一瞥を伊織へ投げると、透子を恨めしそうに見上げる。

「何ですかこれ。嫌がらせですか？」

「いいえ」

「嘘でしょ。こんな臭い紅茶出したりして。伊織だって、頭おかしいんじゃないの？」

伊織は目を瞬かせる。確かに少々癖の強い紅茶だったが、賢者の話を聞いているような古風で奥行きのある紅茶だ。栞菜が嫌がらせと捉えて怒るとは、まるで思わなかった。

「戸張さん。これはラプサンスーチョンと言って、世界で初めて作られたと言われている、歴とした中国紅茶よ。松の葉で燻した独特な香りが、紅茶のイメージからかけ離れていて驚くかもしれないけれど、けして怪しいものではないし、ましてや嫌がらせで出したりなんて、私は絶対にしないわ」

「は？ でも、こんなんじゃなくって、前に出してくれたみたいな普通の紅茶だってあるでしょ？ なんでわざわざこれを？」

また栞菜の声色が荒くなってきたので、透子がパンッと手を叩いて場を制す。

じろりと深い青灰色の目に見つめられ、栞菜は怯んだ。

「さっきから会話が全て丸聞こえだったから、私なりの意見を言わせてもらうわね。あなたが何をしようと、どう生きようと、好きにすれば良いとは思うけれどね、でも今のあなたのその考え方って、本当にあなた本人から出てきたものなのかしら？」

「え？」

栞菜は透子の指摘が理解できない。

対する伊織は、視界が晴れた感覚を覚え、改めて栞菜に注目する。

「私にはね、あなたが何かに囚われているように見えるのよ。例えば、イケメンと知り合いになれるような魅力的な女にならなければならない、とか。若いけれど沢渡くんのような大学生と遊べるようなイケてる女にならなければならない、とか。二十代や三十代の女性よりも輝いていたい、とか。そういう観念に囚われていて、すぐさまその理想を実行しなければならないと、焦っているように見えるの」

ダークグレーの靄が、店中を満たしていく。伊織にとっては、ラプサンスーチョンの香りなんかよりよっぽど気分の悪いもので、思わず眼前に迫る靄を手で払う。

「焦っている人ってね、何かに怯えている人でもあるのよ。もしかしたらあなたは、誰かに怯えていて、その誰かに負けないように、その誰かに打ち勝つために、こんな夜中に出歩いてみたりして必死になっているのではないかと、思ったわ」

栞菜の表情は、怒りから恥辱へと変化していく。

「は？　それがこの紅茶とどう関係するわけ？　さっきから何言ってるのかさっぱりなんですけど！」

透子は白い腕を伸ばして栞菜のカップを取ると、深く息を吸って香りを楽しみ、静かに一口飲んだ。ごくりと飲んでカップから口を離した彼女は、艶（あで）やかな笑みを浮かべている。

「戸張さん。あなたはこの紅茶が飲めないのと同じように、本当は受け入れられないことがあるんじゃないかしら？」

栞菜は眦（まなじり）を吊り上げて透子を睨むが、何も言い返さない。

唇をわなわなと震わせるばかりで、なかなか言葉を吐き出さない。

「本当は受け入れられないけれど、無理して受け入れている。我慢して受け入れている。自分の心を騙している。けれどそんなことをしていたら、やがて心は悲鳴をあげる。だからあなたはその反動で、沢渡くんの前では途轍もなく我儘になっている」

栞菜は目を泳がせる。中学生の彼女は、まだ感情の機微を自覚する経験が不足している。透子の指摘を感覚的に享受することはできても、うまく嚙み砕くことができず、動揺しているのだ。

「この紅茶が飲めなくたって一向に構わないわ。それと同じように、受け入れられないことを、無理して受け入れようとする必要なんかない。あなたはもう少し、自分に素直になったら良いと思うのだけれど……、どうかしら？」

栞菜は勢いよく立ち上がる。目を赤くした彼女は、鼻に皺を寄せ、唇を嚙みながら透子を睨み、伊織には少しだけ切なそうな表情を見せると、飛び出していった。

「年頃の子は複雑ですね。この子が夜中に出歩くようになったら、結構心配しちゃうかも。同じようにあの子の親御さんも、気にしていると思うんだけど……」

ソファー席から、由貴子が話しかけてきた。彼女は自分の脇に、まだ歩くこともできない小さな子を寝かせていた。あれだけ栞菜が騒いでいたにも拘わらず、驚くほど静かに眠っていたことに、伊織は感心する。

由貴子は子供の夜泣きに悩まされ、眠れない毎日を過ごしていた。仕事が多忙な夫は、子供の世話をする頻度は極端に少ない。由貴子は彼を責めなかったが、ワンオペの辛さ、寂しさは募るばかり。ある日、大きな声で泣き喚く我が子と、大きないびきをかいて眠る夫に背を向け、夜へ逃げ出してしまう。

しかし、逃げた先で伊織に出会い、透子に饗され、彼女の枯れた心が再び潤った。

アルデバランは、今では由貴子の、第二の居場所となっている。

栞菜が去った後、透子と伊織は由貴子と子供がいるソファー席へ移動した。

栞菜を見て親心を語った由貴子に、伊織も思ったことを話す。

「俺も中学とか高校の時、夜遊びしちゃってました。親の気持ちとかって、あの年頃は分からないんですよね。本当、心配かけて悪かったなって思います」

「それを十九歳で思えているなら十分ですよ。沢渡さんはやっぱり、他人想いで優しいですね」

「いやいや、そんなことは全く……」

由貴子と話しながら、伊織は透子の行動について考えていた。

透子は、紅茶の味が分からなくなってしまうほどにミルクと砂糖を入れて飲む栞菜の飲み方を見て、彼女がラプサンスーチョンのような癖の強い紅茶を飲めないことを予想していたのだろう。由貴子の相手をしながらも、聞こえてくる栞菜の言動だけで彼女の状態を予想し、彼女の核心を突くような行動をとった透子を、末恐ろしいとすら思う。紅茶に詳しいだけでなく、人の状態を見抜くことができるこの店主が、どんな人生を歩んできたのかを想像しようとしたが、邦彦が語った紅子さんの話以上のものは思い浮かばなかった。

由貴子が帰宅したので、伊織と透子は店仕舞いをしていた。

伊織は、表に出していた植物のランプをそっと手に取り、明かりを消し、静かな夜を脅かさないよう音を立てずに扉を閉める。透子がいるキッチンへ戻ると、紅茶の袋を棚に仕舞い終えた透子が、ちょうどこちらを振り返ったところだった。

目と目が合ってしまったので、お互い驚いて動きを止める。

「沢渡くん、どうかした？」

「あ、えーと。その」

用事があったわけではない。しかし、「なんでもないです」と言うのも憚られる。

だから、先ほどから考えていたことを、素直に聞いてみることにした。

「なんていうか。透子さんって、人のことをよく観察していますよね。それが凄いなって思っていたんです」

「突然どうしたのよ。私は店主として当たり前のことをしているだけよ。凄くなんかないわ」

透子が謙遜したので、伊織は思い切り首を振る。

「いや、凄いですって。ただ、紅茶に詳しいだけじゃできない接客をしています。誰かそういうことを教えてくれる人がいたんですか？　それとも、自分で勉強したんですか？」

透子がまた、どこか遠くを見つめるような目になる。

どこか切なそうにも見える不思議な眼差しは、見る者に緊張感を与える。

「教えてもらった、ような気もするし、私が勝手に、こうすると良いってことを覚えていったような気もするし。はっきりとは言いづらいかなぁ。どうして？　沢渡くんは接客に興味が出てきたの？」

透子はキッチンから、伊織がいるカウンター側へ出てくる。

「接客……、えっと。まぁ、少し」

接客よりも透子という人間に興味があるのだが、ここでそれを正直に言うわけにはいかない。

伊織の真ん前まで歩み寄ってきた透子は、くすりと笑う。

彼女はいつでも、弱っている姿や苦しんでいる姿なんか見せない。

優雅に笑うばかり。

「だって、大変じゃないですか、人の相手をするのって。人って、何を考えているのか分からないですから、良かれと思ってやったことが、裏目に出ることだってあるし。人と向き合うことって、とっても難しいと思うんです。だから、いつも笑って接客できる透子さんは、凄いと思うんです」

話していると段々恥ずかしくなってきたので、伊織は透子から目を逸らす。

「私も、こういう接客が簡単なことではないと思っているわ。間違うことだってあるからね」

伊織は視線を戻す。透子の台詞は、伊織にとっては意外だったからだ。

ヒヤッと手に指が触れた。皿洗いをしていた透子の、冷たい指が伊織の手のひらに滑り込んできたのだ。驚いて手元に視線を落とすと、透子は伊織が両手で持ったままだった植物のランプに触れている。

「沢渡くん。今日の植物、これ、なんて花か知ってる？」

伊織は目を瞬かせる。以前は、透かしほおずきが付いていた。

しかし、伊織と透子の手元に鎮座する今日のランプには、大きめな花びらを持つ、ドライフラワーが付いている。

「今日は、アマリリスにしたの。アマリリスの花言葉は、誇り、おしゃべり、輝くばかりの美しさ。由貴子さんを出迎えるには、このお花がぴったりだと思ったのよ」

「なら、ほおずきは？」

「ほおずきには、自然美、心の平安などの意味があるわ。初めて来るお客様の時は、大抵ほおずきを出しているわね。安心して、自然体で過ごしてほしいという意味を込めているの」

透子は上目遣いで、伊織のことを見上げる。長い睫毛の奥に覗く澄んだ瞳は、夜空のように煌めいていて、見る者を虜にする。

「つまりね。お客様はいつだって、理由があるからここを訪れる。私はいつも、相手の悩みを把握した状態でお客様に出会うから、笑って出迎えることができるのよ」

透子の説明を聞いても、伊織は釈然としない。

「でも透子さん。俺や戸張さんは、想定外の客でしたよね？　事前に悩みを送っていないから、どんな悩みか分からないと思いますけど」

伊織の問いを聞いた透子は、また笑う。

「ふふっ。だって沢渡くんも戸張さんも、結構分かりやすいもの。悩みを知らなくても、心に蟠り(わだかま)があることは、表情や態度ですぐに分かったわよ」

透子は伊織の手からランプを受け取り、カウンターの脇に置くと、すぐさまこちらを振り返り、指先でそっと伊織の左の頬を撫でる。

「初めてここに来た時の疲れた顔がなくなって、本当に良かった」

伊織の頬の輪郭を確かめるように、透子が触る。

「私、あなたがどんな風に変わっていくのか、とっても楽しみなのよ」

バイオレットブルーの穏やかな風が、伊織のことを優しく包む。

同時に、左の頬から体の中心へ熱が走って、あのピンク色が全身に広がっていった。

戸張栞菜に振り回されている場合ではない。

もっと、しっかりしなければ。

透子ががっかりしないように。

もっと、頑張らなければ。

＊

とにかく湧き出る色を乗せて、思いつくものを描こうと、キャンバスに絵の具を塗りたくっていた。なぜそれを描くのか？　その理由を事細かに考えていると、意識に支配され過ぎて手が動かなくなるので、感覚に任せてみることにしたのだ。

しかし、冷静になってその画面と向き合うと、無性に腹が立ってきた。何も面白くないからだ。伊織は怒りに任せて白を塗りたくり、画面を初期化した。

振り出しに戻った画面と何時間も対峙し、伊織は考えに耽った。

手元のクロッキー帳に、パステルで様々なイメージを描く。思い浮かぶのは必然的に、人間の姿。人が、伊織にとっては重要だった。なぜなら人は、色を発するからだ。

かといって、見えたものをそのまま描くのは面白くない。色と人が合わさることで生まれる、独特な空気感を描きたい。それは、きっと伊織にしか描けない人物画となるからだ。

アトリエの床にあぐらをかいて、伊織はクロッキー帳にイメージを描き続けた。

＊

まだ明るい時間帯だが、アルデバランの入り口では、ほおずきのランプが灯されている。

店の扉が細く開けられた。ちりんっと鳥の囀りのように鈴の音が聞こえたので、伊織が入り口に駆け寄ると、俯いた栞菜がそこにいた。珍しく日が出ている夕方に来た彼女は、学校帰りの制服姿だった。

カウンター席のハイスツールに座っても、彼女は猫背のままだった。覇気のない栞菜を見るのは初めてなので、伊織は少し不安になる。しかし、態度とは裏腹に、ダークグレーの靄は薄まっていた。

「苦手な紅茶を出しちゃったから、二度と来てくれないと思ったわ。今日はどうしたのかしら？」

透子が語りかけた途端、彼女は顔を上げる。頬は紅色に染まり、目元は憂いを帯びていた。調子に乗りまくっていたそれまでと異なり、そこにいるのは、大人を頼りたがっている子供だった。

「前来た時店にいた人、赤ちゃんと一緒だった。私、騒いじゃったから、きっと迷惑だっただろうと思って、それを謝りたいです。いつ来るか、分かりますか？」

「それは分からないわ。決まった日に来ているわけではないもの」

「そうですか……。じゃあ、伝えておいてくれませんか？」

「いいわよ」

これまでの横柄さを微塵も感じない、やけに健気な栞菜の様子に、伊織は眉根を寄せる。あの日、栞菜が由貴子と子供が店内にいたことに気がついていたことにも驚く。周囲のことなど全く気にかけない子だと思っていたからだ。

透子はカヌレを小皿に載せて栞菜に出すと、両肘をついて彼女を眺める。

「何かあったの？」

栞菜はしばらく唇を噛んでいたが、やがてゆっくりと口を開いた。

「友達が嫌なんです。学校の空気も、親の考え方も、嫌なんです」

一度深呼吸をすると、栞菜は天井を仰いだ。

「学生時代なんて、マシな高校入れる程度は勉強して、あとはクラスのヒエラルキートップグループに入って楽しく遊んで、気楽にしてれば良いって思っていたんです。でも、クラスのトップたちが腐っていることに気づいちゃって。これまでも、変かも

って思うことはあっても気にしてなかったんですけど、ちょっとまずくない？　って
ことがあったんです」
「どんなこと？」
栞菜はカヌレを頬張ると、悲しそうな顔になった。
「あいつら、自転車を点字ブロックの上に停めたんですよ。いや、それはどうよ？　とか
って思ったんですけど、さっさとゲーセンの方に行っちゃって。まあ良いか？　で、
思ってたら、目が見えない、杖をついたお兄さんがすぐ近くを歩いてたんです。ヤバ
お兄さんは自転車にぶつかって転んじゃって、その時車道に出ちゃったんです。それを、自
っと思ったけど、近くにいた大人が助けたから、お兄さんは無事でした。なのに、見なかっ
転車停めたあいつらは、見てたんですよ。お兄さんが転んだ様子。ちょっとありえないって思った
たフリしてゲーセン行こうとか言い出したんですよ。
んですけど、私も何も言えなくて」
「俺に言うみたいに、ふざけんなって言ってやれば良いだろ」
すかさず伊織が突っ込むと、栞菜はやけに気まずい顔になった。
「そりゃあ言いたいよ！」
栞菜は大きな声を出したが、すぐに押し黙る。続く言葉を、彼女は自ら遮断した。

相手に物言いする勇気のない弱虫であるという事実を、自ら明かしたくはないのだ。彼女にはプライドがある。弱虫であることを明かし、透子や伊織から痛いところを突かれたくはないのだ。突かれたくないがために黙り込んでしまう自分に嫌悪してもいる。どうしようもなく情けなく、格好悪い自分に怒りを感じて、唇を噛む。

透子は相変わらず、飄々(ひょうひょう)としていた。

「学校の空気が悪いというのも、一緒に遊んでいるグループの子たちの影響かしら？」

「そ、そうです。まぁ」

琹菜の歯切れが悪い。自分もグループの一員となって、悪事に加担している自覚があるから、彼らを否定することができないのだろう。

「ご両親は？　どんなところが嫌なの？」

「命令ばっかりしてくるし。イメージだけで決めつけてくるし、そういうのが嫌で」

「それは、例えばどんな時？」

抽象的な説明だったので、透子は首を傾げる。

琹菜は渋い顔になる。

「パパがことあるごとに、勉強、勉強って言ってくる。勉強以外のことなんか年取ってからいくらでもできるから、良い高校、良い大学に行けって言ってくる。家の中を寝巻きで歩き回ったり、ソファーであぐらかくだけで叱ってくるし、露出が多い服を着ただけで男に媚び売るなとか言うし。ゲームや漫画読むとバカになるとか言って買ってくれないし。マジで考え方が昭和！　今は令和だっつのボケが！　って感じ。ママはパパの奴隷で、ちっとも味方になってくんないし」

ある程度吐き出すと、栞菜はまたもや悔しそうに口を閉ざす。

「戸張さんのその気持ち、ご両親は知っているのかしら？」

「さあね。知らないかも。知ってても、私の意見なんか無視するから意味ないし」

口調こそ強いが、俯く栞菜は寂しそうに見えた。

透子が茶葉を決めたようで、戸棚から取り出す。伊織はすぐにキッチンへ回り、お湯を沸かし始めた。

「戸張さん。はっきり言ってしまうけれど、あなたは自分の思っていることを相手に言うことができない人ね」

ついに核心を突かれてしまい、栞菜は耳まで真っ赤になる。

その反応をちらりと見ながら、透子はティーポットに茶葉を入れる。

「あなたは自分の弱いところを自覚している。自覚しているけれども、その弱さを克服できないでいる。自分を変える時って、時としてパワーが必要で、なかなか踏み出せないものね」

伊織からやかんを受け取ると、透子は熱湯をポットに注ぎ、蓋を閉める。

五分ほど茶葉を蒸らすと、カップに注いで、栞菜に提供する。

そして、カウンターに円筒の缶詰のような入れ物を置く。側面には「和紅茶」と記されてあった。

「鹿児島県産の和紅茶、ねじめ茶寮のべにひかり。まずは、何も入れずにどうぞ」

栞菜はしばし両手を膝に置いたまま、カップの中をじっと眺めていた。ブラッドオレンジを連想する鮮やかな樺色が映える。香りは優しく控えめ。癖の強いラプサンスーチョンとは正反対な紅茶だった。

栞菜は何も言わず、上目遣いで透子を見る。なぜこれを？　と無言で尋ねている。

透子は先に飲み始めた。

「紅茶って外国で作られているイメージがあるけれど、日本産のものもあるのよ。この茶園は農薬や化学肥料、除草剤を使わず、人工的な香り付けなども行わないことで、茶葉本来の味わいが楽しめる国産紅茶を作っているの。べにひかりは日本で開発されたアッサム系紅茶で、全国でも生産量が少ない幻の紅茶なの。きっと、戸張さんも気にいると思うわ」

「私、苦い飲み物は苦手。お茶の渋みとかも、好きじゃない」

そっぽを向く栞菜の顔を、透子は覗き込む。

「戸張さんって、私や沢渡くんには、ものすごくストレートに話すわよね」

透子のからかうような言い方に、栞菜はムッとする。

「ラプサンスーチョンとは真逆の紅茶だから、安心して飲んでみて？　私ね、この紅茶は結構、本来のあなたに似ている紅茶だと思うのよ。鮮やかなオレンジ色で透き通った水色は、フレッシュさや可憐さを思わせる。甘みがあって優しく体に馴染む味わいだけど、仄かなメントール香や、後から感じる僅かな渋みは、切れ味の良さを思わせる。純粋で素直な可愛らしさと、ストレートにものを語る清々しさが、戸張さんらしいなって思ったの」

ダークグレーだった靄は、薄墨のようになっていた。

透子の話を聞いた栞菜は、ようやくカップを握り、恐る恐る口をつけた。

砂糖やミルクで極端な味変をする栞菜にとって、ストレートティーを飲むのは慣れないことだった。彼女は、目を強く閉じて、口に含んだ紅茶を舌の上で転がした。

「あれ、飲みやすい」

栞菜は目を瞬かせた。

「もっと甘い方が好きだけどね」

へそ曲がりな彼女は、余計な一言を付け加える。

透子はクスクスと笑う。

「何よ！　そんなに私が滑稽？」

「違うわ。あなたって不器用なのね」

「どういう意味よ！」

透子は頬杖をつくと、髪を掻き上げて妙に艶っぽい表情を作る。

「大人になりたいなら、うまく立ち回ることを覚えた方がいいわ。あなたがお友達やご両親に自分の意見を言えないのは、あなたに勇気がないのも原因だけど、一方で、いくら話をしたところで、お友達やご両親が聞く耳を持たないと感じているからでもあるわよね？」

「そ、そーですけど……」

透子はティーカップを揺らして、波打つ紅茶を眺めながら話す。

「聞く耳を持たない相手に、ストレートに自分の意見を言ったところで、聞き入れてもらえなかったり、もっと状況を悪くしてしまうことが想定される。だったらストレートに言わなければ良いの。お友達の態度が気にくわなくて一緒に遊ぶのが苦痛なら、家の用事があるとか、習い事を始めたとか説明して、徐々に離れることだってできる。好戦的になるなら、戸張さんと同じ気持ちを味わっている同級生と密かに結託して、彼女たちをじわじわと追い込むことだってできるかもね。お父様には、絶賛反抗中よね？　反抗期は反抗するものだから、戸張さんの話をお父様が聞いてくれるようになるまで反抗すれば良いわ。お母様に話したら、意外と共感してくれるかもしれないしね。真っ直ぐに相手に突撃しなくたって、やり方はいろいろあるのよ」

透子は喉を潤すために、紅茶を飲み干す。

「だけど、自分勝手に振舞うことと、うまく立ち回ることは、全く違うから、そこは勘違いしてはいけないわ。常に謙虚でいることを忘れないで」

「謙虚でいながら、うまく立ち回る……？」

困り果てる栞菜の頬に、透子の手のひらがそっと触れる。

「戸張さんは、本当はどんな人になりたいの？」

以前、伊織の前で豪語していたことを、栞菜は一言も口にしなかった。

吸い込まれそうな透子の瞳に当てられ、彼女は言葉を失う。

「無農薬で茶葉を栽培するって、相当大変なことよ。最初の頃は、台風で枯れたり、イノシシに根を掘り返されたりしたこともあったそうよ。それでも、茶畑から製造まで、すべてハンドメイドで作ることに拘り、今もそれを続けている。かなり強靱な精神力がないとできない。その他の茶園でも、みんなそれぞれ一生懸命、茶葉と向き合っている。私はそんな彼らを尊敬しているわ。自分は茶葉を栽培することはできないけれど、人にお茶を伝えることならできる。だから、こうして戸張さんにも紅茶を出しているの。あなたの尊敬する人はどんな人？　なりたい自分の姿について、考えたことはある？　なりたい自分の姿を想像した時に、今の自分がどう振舞うべきか、見えてくるはずよ」

栞菜の頬から手を離すと、透子はカヌレを頬張った。

伊織は手帳を取り出した。なぜなら、透子を見つめる栞菜から、タンポポのような鮮やかで温かみのある黄色、ダンデライオンが、体の中心から放射上に出てきて、まるで光り輝いているような状態になったからだ。あのダークグレーは、ダンデライオンに呑まれて一瞬で消え、朝日が昇るような清々しく晴れやかな光景が広がっていた。

伊織は栞菜の顔を見る。彼女は至って普通のすまし顔だったが、その目には目的を見つけたような光が宿っていた。

透子に自分の素直な気持ちを吐露した栞菜からは、あの噎せるようなダークグレーの靄は出ていなかった。ダークグレーは、彼女が自分の本心とは異なる考えを主張している時に見えるのだろう。そしてダンデライオンは、自分の在り方に悩んでいた栞菜の、目の色が変わった時に見えた色。透子の助言によって、これまでにはなかった新たな視野に気づき、可能性を見出したような、そんな明るい未来を思わせる色。

栞菜の感情の変化をもとに、伊織は二色について次のように記録した。

ダークグレー：自らを覆い隠す色。自分で自分を騙している時の重く苦しい感情の色。
ダンデライオン：希望を抱く色。道標を見つけた時の、明るい未来を想う色。

「なりたい自分くらいあるわよ！　言わないけどね」

栞菜はぶっきらぼうに言い返すと、紅茶を飲み始めた。

強がっている彼女を見て、透子はまた笑い出す。

「周りの人の意見をつい聞き入れてしまう、素直で優しい子だと思っていたけれど、結構捻くれているわね」

実際のところ、栞菜が目指す自分像を描けているのかどうかは定かではないが、何かしらを彼女が摑んだのは確かかと思われた。負けず嫌いな彼女が、自分の信念を曲げて、自分の心を汚し続けることを望むとも思えない。若くエネルギーに満ちている栞菜が、自分の壁をぶち破って進むことを、伊織は心の底から祈った。

同時に、自分自身が越えなければならない壁を見上げ、伊織は己を鼓舞するのだった。

✷

七月下旬。ついに前期最後の講評会の日が訪れた。学生たちは制作した作品を壁面などに展示し、教授たちが集まったら、一人ずつ順番にプレゼンを行い、教授たちからコメントをもらう。予備校時代から講評会を経験しているが、何度繰り返しても毎度緊張してしまう。伊織は大学入学以来、ダメ出しを食らい続けているので、尚更(なおさら)苦手意識が強い。

しかし、今回はこれまでとは違う。

白壁にビスを打ってキャンバスをかけると、伊織は周りを見る。他の学生たちも各々展示をしており、中には立体作品や映像作品もある。他の学生が何を思って制作したのか気になるが、気にし過ぎないようにした。周りを気にし過ぎて自分を見られなくなっていたことも、伊織の失敗の要因だからだ。

授業開始のチャイムが鳴ると、専任教授や非常勤講師が数名アトリエに現れ、講評会はぬるりと始まった。講評会では、講師全員がそれぞれの見識でコメントを寄せるので、慣れない一年生はそれらをどう咀嚼するべきか悩みがちだ。伊織は手帳を開いて、他の学生の講評で気になったことをメモする傍ら、自分はどう発表するべきかを考えた。時間が経つのは長いようで一瞬でもあり、気がつけば、教師たちは伊織の作品を鑑賞していた。

何を描けば良いかと、伊織は長いこと悩んでいた。そもそも、描きたいものなど自分にはないのではと、感じることも多い。何もないとしても、何かを描かなければならなかった場合、敢えて自分が画面に残せることはどんなことなのか。

目に見えている特殊現象をそのまま描く？　それはひどくつまらない。自分には世界がこう見えているんです、だなんて他者に変人アピールしたところで得られるのは、寒々しい賞賛くらいしかないだろう。

本当はどんな人になりたいの？

透子が栞菜に聞いた問いは、伊織本人にもダイレクトに降りかかる。

毛細血管にまで浸透してくるようなオイルグリーンの気配は、自力で取り払った。これまで自分を拘束していた観念から自由になるべく、少しずつ脱皮する努力をした。今はもうあの色は、殆ど見えなくなっている。そして今、伊織が自分を眺める時に見ているのはバイオレットブルー。アールグレイを飲んだ時に見た色。邦彦からも一瞬見えた色。菫のように美しく爽やかなあの色は、透子から受け取ったもの。

透子のそばにいても申し分ないような、精神力が強く豊かな人間になりたい。

自分が描いた絵を、多くの人に影響を与えるような力のあるものにしたい。

バイオレットブルーは、気高い心を持ち、前へ進みたいと強く想う人の色。

伊織はその心を大切に、はじめの一歩を踏み出した。


「自画像を描きました。実際の自分の顔をそのままに描いてはいません。人は、環境や生活、経験によって、その人らしさが作られていきます。この考えをベースに、僕は自分自身を色で表現してみました。画面に、自分の経験を示す色を何層か塗り重ねて、それを白で覆っています。その後に自分のシルエットを描いて、シルエットの内側を彫刻刀で彫っています。絵の具が層になっているので、彫りが浅いところと、深いところで、見える色が異なります。彫りが浅いところは表面に近いので、僕が普段、他者に見せている要素で、彫りが深くなるにつれて、僕の内側、人にはあまり見せない姿を表しています。以上です」

発表を終えるとすぐに、一人が伊織のそばに寄る。

「色の決め手は何？　何か外部に参考資料があるの？　それとも君が自分で設定しているの？」

早速、想定通りの質問が来た。

「僕は、人の感情を色で見る共感覚があるので、自分が実際に見た色を配置しています。なので、色の設定は自分で行っています」

「なるほど。自分で設定しているけれど、故意に設定しているわけではなく、君の感性が訴えているナチュラルなものということか。良いね。共感覚を利用すること自体は君にとって非常に重要だろうし、他の人にはない面白い部分だと思うけれど、そうなると彫刻刀の彫り方が面白さを損なっている気がする。人の内側にはこれだけ多彩なものが詰まっているということを、内側を彫る仕事で表現したいのは分かるけれど、この彫り痕が目に付いてきて、色よりも彫り方が気になってくるな。彫った後に表面を平滑に整えるとか、あるいは樹脂で色の積層を作って、それを彫った後に紙やすりで表面を整えるとかして、色味に注目できる画面の作り方にした方が、もっと良くなったんじゃないかな」

一人話し終えると、すぐにもう一人が出てくる。

「絵の具はこれで良かったの？　あなたはおそらく目が非常に良くて、かなり多くの色を感覚的に見分けることができるということが、この画面から伝わってくる。これをもっと研ぎ澄ませる必要があるんだけど、じゃあどうするかって考えた時に、あなたが話していたコンセプトが手掛かりになる。絵の具の原料やキャンバスの素材から拘っても良いかもしれない。今思いつきで言うけど、例えば、海辺で育った人を描く時は、貝殻が原料の絵の具を多用するとかね」

さらにもう一人が、横から入ってくる。

「原料や素材の話からはずれるけど、君、ゲルハルト・リヒターのビルケナウは観たことある？　一見、絵の具がザッと擦れている抽象画なんだけど、下層にはアウシュビッツの強制収容所で囚人が隠し撮りした写真を描き写している。君はここに自分のシルエットを描いているけど、このシルエットやベースにも、リヒターみたいな深みが出せると良いかもね。フランシス・ベーコンなんかも参考になるんじゃない？　彼の激しいデフォルメは見る人に恐怖や不安感を与える。君も、自分をどんな人間だと捉えているのかを考えて、それをもっと強く画面に出すための方法を探求すると、もっと説得力が出ると思う」

けして褒め言葉が多いわけではないが、これまでのあっさりと終了していた講評に比べると、遥（はる）かに多くの意見が返ってきた。以前よりも得るものが多く、伊織は初めて、大学できちんと学んでいる気分になれた。

伊織の講評は十分程度だったが、伊織にとっては非常に充実した時間だった。

その後、上機嫌で他の学生の講評を聞いていた伊織は、雄大の出番になった途端に衝撃を受ける。「僕の女神」と題した彼の絵画は、画面のど真ん中に一人の女性が描かれていた。雄大は自分が恋い焦がれる「紅子さん」のことを滔々（とうとう）と語り、教授たちを半ば呆れさせていた。伊織が衝撃を受けたのは、雄大の画力でも、自分の恋愛を人前で語る度胸でもない。

そこに描かれていた女性が、紅子さんこと椿紅透子ではなく、ことあるごとに弟に悪態を吐いてくる憎らしい伊織の姉、沢渡織香だったからだ。

伊織はそろりと講評中のアトリエから抜け出すと、すぐさま織香に電話をした。

「何よ！　せっかく午前は何もないから寝ていたのにぃ」

寝起きの姉は、電話に出るなり文句を連発してきた。

伊織も負けじと声を張り上げる。

「川辺が、織香のことを紅子さんだと思い込んでいるんだけど！」

ベッドに潜っていた織香は、伊織の一言で素早く起き上がった。

「あ、ああ……。あれ、あんたの友達だったのね」

「おい。なんか知ってるな！」

織香は空笑いする。

「前に、矢代くんに好きな人がいるかどうか知りたくて、聞いてみたことがあったんだ。そしたら彼、今は気になる人はいないけれど、憧れていた人だったらいたって答えたの。彼女に紅子ってあだ名を付けていたんだ～なんて、楽しそうに話していたわ。あんな風に浮かれた矢代くん見たの初めてだったから、結構イライラしたのよね。でさ、矢代くんとの話が終わって別れたら、すぐに知らない男が話しかけてきたのよ。よく分かんないけど名前を聞いてきたから、咄嗟に「紅子です」って答えて逃げたわ」

「なんでそんな嘘吐いたんだよ！」

織香は悔しそうに呻く。

「だって、矢代くんに想ってもらえる紅子が羨ましかったんだもん。だから、なんか分かんないけど、私が紅子だって言いたくなったのよ！」

伊織はがっくりと肩を落とす。

自分の欲望を優先して事実をねじ曲げるなんて、幼稚にも程がある。しかし、これが沢渡織香という人間なのだ。彼女は不満を溜め込んで成長したがために、自らの願望をなるべく最短で叶えようと躍起になる傾向にある。願いが叶わないかもしれないと焦り見栄っ張りになったり、脚色して誤魔化したりして、結果、失敗し続けている。

伊織は二言三言残して通話を切ると、深いため息を吐いた。


大学内のカフェでパンを頬張る伊織に、雄大が近寄ってきた。

絵を描いていた頃と違い、ひどくやつれた顔をしていた。絵画制作でエネルギーを使い果たしてしまったのだろう。相変わらず、レッドスピネルの煙をもやもやと漂わせていた。

「沢渡ぃ。お前、例の喫茶店でバイトしてるんだってな？　俺もそこで恋愛相談に乗ってもらいたいんだけど、予約ってできるか？」

ゾンビみたいな友人の様子に、伊織は絶句する。

「バイトしてることは、矢代さんから聞いたんだ。頼むよ、俺もう、限界なんだ。紅子さんを忘れるか、探し続けるかの瀬戸際で、気が狂いそうなんだ」

愚かな姉のせいで、気を病んでいる友人がいる。伊織は手のひらで顔を覆って懊悩する。こんな茶番は早く終わらせなければならない。伊織には関係ないことだが、この拗れた状態が長引いたら、二人の問題児は伊織に縋り、振り回してくるに違いない。

ならば、やれることは一つ。

伊織はスマホを開き、透子に連絡を入れる。彼女はすぐに反応してくれた。

了承の返事を確認すると、伊織は顔を上げた。

「川辺。今日の夜、店に行くぞ」

感謝の言葉を口にする雄大を尻目に、伊織は織香にも連絡する。

伊織：今夜二十三時、俺のアパートの隣の店に来てくれ。紅子さんに会わせてやる。

返事は見ない。伊織のスマホはしばらく通知が鳴り続けていた。織香が鬼のように質問を投げ続けているのだろう。彼女のことだから、無視を続ければ続ける程、気になってしまうに違いない。だから確実に今夜、彼女はアルデバランに現れるだろう。

騒がしくなるアルデバランを想像したら、ちょっとだけ笑えてきた。
今夜、透子がどんな紅茶を二人に出すのか、伊織は楽しみで仕方がなかった。

第五話　紅茶専門店アルデバラン

　蔦を纏った古めかしいアパートの前を通過すると、十字路の角に植えられた、厚みのある葉を茂らせた木が見えてくる。木を眺めながらヘアピンカーブを左に折れると、夜の闇に浮かび上がるように、明かりが漏れ出た弓形出窓が現れる。耳を澄ませると、窓ガラスの向こう側からは何人かの声が聞こえてきた。煉瓦敷きの階段を上がると、壁龕には可愛らしい、白菊のランプが灯っていた。扉の近くにようやく看板を見つける。ここが民家ではなく店であると分かったので、遠慮なく磨りガラスがはめ込まれた扉を押し開ける。

「織香良かった。遅いから迷子になったかと思った」

　黒いエプロンを着た弟を見るなり、織香はむくれる。

「迷子じゃないわよ！　私が忙しいことを知っていて突然呼び出すなんて、どういうつもり？」

ホワイトのオフショルダーにグレーのワイドパンツ、歩きやすそうなレザーサンダルを履いた織香は、来店するなり伊織に文句を言う。頭にマゼンタのカチューシャをつけたガーリーなスタイルのせいで、普段よりアイドル感が強い。紅子さんに会えると聞いて、やや気合が入っているようだ。

伊織は喚く姉をカウンター席へ通す。カウンターのハイスツールには、織香の姿を見て目を丸くしている川辺雄大がいた。カウンターの奥には、ウエーブした黒髪に白い小顔が収まった、人形のように美しい女性が立っている。

織香は立ち止まる。一目で、彼女が紅子さんだと分かった。

息を呑んで佇む織香に、透子は笑いかける。

「初めまして。店主の椿紅透子です。今夜はゆっくりしていってね」

邦彦がかつて憧れた人は、文句のつけようのない麗人だった。

織香は肩身の狭い思いで、遠慮がちに腰を下ろす。

目の前には透子。横には雄大。そして、そんな自分を見ている弟までいる。

できることなら、今すぐ店から出たかった。

居心地が悪そうに周囲を見回してばかりの織香に、真横から雄大が話しかける。

「沢渡のお姉さんだったんですね！　また会えて嬉しいです」

興奮した様子の雄大は、声がやや上ずっていた。彼は求めていた人物に会えて喜びを爆発させているが、対する織香は嘘を吐いていた手前、非常に気分が悪かった。

「どうも。その、この間は嘘を吐いたりして、悪かったわね」

織香はぎこちなく詫びると、雄大から目を逸らす。

雄大は目を輝かせたまま、織香の横顔を眺めていた。彼からすれば、嘘を吐かれたことなど些細なことのようだ。

憎たらしい姉に熱い視線を送る友人を見る苦行に耐えかね、伊織は透子がいるキッチン側へと移動した。

織香は透子の顔をまじまじと見る。

「透子さんは、ハーフなんですか？　なんだか、日本人離れした顔立ちですよね」

姉の唐突な質問に、伊織は咳払いする。

透子は目を瞬かせていたが、さして驚いた様子でもない。

「いいえ、日本人よ。遠い先祖に、もしかしたら他国の方がいるのかもしれないわね。ある人から、ウイグル人みたいな顔と言われたこともあったわ」

織香は眉をピクリと動かす。

「それって、矢代くんですか？」

人体の形や骨に言及する人間など、そう多くはない。

「あら、邦彦を知ってるのね。そうよ。彼に言われたわ。昔から妙なことばっかり言う子だから、いつも面白くって仕方がないのよね」

透子は子供を可愛がる大人みたいに笑う。

織香はムッとした。

「矢代くんとは、どういう関係なんですか？」

「幼馴染よ。父が彼のご両親と仲が良いの。子供の頃はよく遊び相手になったわ。私は途中から全寮制の学校に入って、留学もしたから、徐々に会わなくなったけどね。でも最近は、同じ町で暮らしているから、たまに会えば話すわよ」

邦彦が紅子さんについて語ったことと、内容は完全に一致する。

「矢代くんのことは、どう思いますか？」

織香はカウンターに乗り出し、透子に迫る。

「そうねぇ。弟みたいな人、かしら？」

「好きじゃないんですか？」

「ええ。好きとか、そういう関係ではないわ」

「なんですかっ！　あんなにカッコイイのに！」

織香の発言に雄大は肩を落とし、捨て猫のような顔で伊織を見る。織香が矢代邦彦のことが好きだと知って、ショックを受けているのだろう。伊織は微笑みを返すしかできなかった。

透子は、どこまでも冷静だった。

「私が邦彦のことを好きになるのではないかと、警戒しているのかしら？」

織香はピクリと肩を震わせ、困った顔のまま黙り込む。

透子は肩にかかる髪を払いのけると、少し気怠げな表情になる。

「幼馴染だからって、その相手に恋愛感情を抱くと思うのなら、それは大きな間違いよ。私は、誰とでも恋愛ができる奔放な人間ではないわ。いくら付き合いが長くても、邦彦は私にとって可愛い弟みたいな存在で、それ以上の感情を抱いたことはない。もちろん、人生、何があるか分からないから、彼に恋をしない確率が百パーセントとまでは言わないけれどね」

伊織は初めて、透子の口から彼女自身の話を聞いた。

これまで遠慮して聞けなかった透子の話を、姉を通じて聞けるとは思わなかった。

憎らしいとばかり思っていた姉に、今この時だけは感謝した。

「だったら透子さんは、どんな人がタイプなんですか？」

織香は踏み込むことをやめない。透子が邦彦を好きになる可能性が少しでもあるのなら、その芽を摘み取るつもりなのだろう。

伊織と織香は揃って生唾を飲み込む。

「この店の、前の店主」

透子は平然と織香を見返しながら、そう答えるのだった。

透子は棚から茶葉の袋を取り出すと、耐熱ガラスで作られたカップを人数分取り出した。伊織は素早く湯を沸かし始める。横目でポットに茶葉を入れ始めた透子を見つめるが、相変わらず色は見えない。お湯が沸くと、やかんを受け取るために透子が伊織の方を振り返る。きっと伊織は不安な顔になっていたのだろう。伊織と目が合うなり、彼女は強気に微笑んだ。普段の穏やかな笑みと大差ないように思えるが、よく見ると目尻に少しだけ力が加わっている。

安心してと、言われているような気分だ。

「それ、ハーブティーですか？　色が綺麗！」

織香が、耐熱ガラスのカップに注がれたお茶に興奮する。それは、晴れた日の青空のような、清々しく奥行きのある深い青色の飲み物だった。

「そうよ。ブルーマロウというハーブティー。ウスベニアオイという紫色の花を原料にしているわ。鼻や喉が乾燥している時なんかに飲むと良いの」

透子は二人と、それから伊織にもブルーマロウのカップを渡す。そしてカウンターの上に、薄く切ったレモンを載せた小皿を置いた。

沈黙が支配した。

透子がなぜブルーマロウを淹れたのか分からず、三人とも戸惑う。

「前にこの店にいたのは、どんな人なんですか？」

切り出したのは織香だった。

耐熱ガラスのカップを持った透子は、瞳に青色の液体を映す。彼女は、まるでカップ越しに過去の光景を眺めているような表情をしていた。

「昔この場所で、彼は喫茶店を開いていてね。ブルーマロウは、私が彼から初めて出してもらったお茶なの」

今から十三年前、まだ透子が十五歳の少女の頃まで時は遡る。名家に生まれた彼女は、やや癖のあるウエーブした黒髪と白い肌、柳のように細くしなやかな体つきを持つ美少女だった。彼女が、擬洋風建築な椿紅の邸宅から、名門校のセーラー服姿で出てくる様子は地元ではちょっとした名物。柔らかい表情だが目元には強い意志が宿り、やや大股で颯爽と歩く姿からは凛とした力強さが感じられる。彼女は、立てば芍薬座れば牡丹、歩く姿は百合の花を見事に体現していた。すれ違いざまにはラベンダーの香りを漂わせそうな、そんな流麗な少女であるが、しかし当の本人は、心に鬱憤を溜め込んでいた。

見目麗しい透子は成績も優秀で、誰からも慕われる生徒会長を務めていた。そんな典型的な優等生な上に、お嬢様育ちというオプションまで付いているので、彼女を取り巻いて様々なトラブルが発生していた。透子を利用して自分の株を上げようと目論む者、透子に嫉妬してつまらない嫌がらせを繰り返す者、恋愛沙汰に巻き込んでくる者、勝手に勝負を仕掛けてくる者、頼んでもいないのに従者になろうとする者、友達のふりをして出し抜こうとする者。誰も彼もが自分自身の利益のために、椿紅透子に近寄ってくる。誰も透子のことなど見てはおらず、理想を具現化したような完璧少女から何かしらの恩恵を得ようと、貪るように透子の美しい髪や肢体に触れ、彼女の言葉を好き勝手に解釈し、彼女から養分を奪っていくことに躍起だった。

毎日うんざりしながら登下校する日々。その上、家に帰ればそこには頭の固い両親が居座っている。門限が設けられ、服装や髪型、立ち居振舞いから、一日の生活ルーティンに至るまで、徹底的に指導され、淑女の教育を施されている彼女は、自宅でも休まる暇がない。クラシックバレエ、バイオリン、英会話、お茶にお花といった様々な習い事をこなし、勉学においても完璧を求められるので、自由な時間など眠る時くらいだった。

矢代家の人々は、透子が中学生の頃までは頻繁に椿紅家に訪れていた。透子より四歳年下の一人息子邦彦は、幼い頃からキッズモデルのように綺麗な少年で、小学校でもモテるようだったが、同級生には興味がないようだった。彼は透子に懐いており、小さな頃からべったりと透子にくっ付いている。懐いてくれるのは良いが、小学校高学年になってきた邦彦からは、妙に熱っぽい視線を感じることがあって、それも透子を鬱々とさせている要因になっていた。年頃の少年が異性に興味を持つのは当然ではあるが、その矛先が自分へ向けられるとなると嫌気が差す。

誰も彼もが透子に無限大の理想を見て、理想の通りであってほしいと願い、己の欲望で透子をねじ曲げようとしてくる。透子は、周囲からのありとあらゆる欲望に押し潰されて、頭がおかしくなってしまいそうだった。

だからある晩、透子は部屋の窓を開けると、予め用意しておいた運動靴を履いて、荷物を持って、家の庭へ飛び降りた。そのまま姿勢を低くして門を抜け、闇夜の街を歩いた。誰も彼女を見ていないし、誰も彼女に話しかけてなどいないのに、一人で歩く間に思い起こされるのは、日々言われ続ける言葉。日々向けられる他者の視線。張りつめられた空気、居心地の悪い時間。なぜ真夜中にひとりぼっちでいるのに、日常に縛り付けられなければならないのか。透子は、日々のストレスを振り払うような気持ちで、腕を振って大股で歩き続けた。

怒りに任せるような勢いで歩いていた透子は、唐突に足を止める。

彼女の視線の先には、夜に煌々と明かりを灯す喫茶店があった。時刻は二十四時を過ぎているというのに、店の中からは談笑が聞こえてくる。弓形出窓をそっと覗くと、人影が揺らめいていた。閉店後にスタッフが雑談しているといったところだろうか？

透子が訝しんでいたところ、不意に店内の人影がこちらへ迫ってきた。透子が慌てて木陰に身を隠したと同時に、店の扉が大きく開かれた。中から出てきた中年男性は丸い頬にえくぼを作って、店内へ向かって会釈し、足取り軽やかに立ち去っていった。

男性が立ち去ると、店からエプロン姿の男が出てくる。姿勢がよく動きも機敏で、まだ若い青年と思われた。彼は店先に出してある看板をたたんで脇に抱え、店内に戻るべく振り返る。その瞬間、影に紛れていた透子に気がつくのだった。

「そこで何をしているの？」

青年は二、三歩透子へ歩み寄ると、柔らかで奥行きのある声で話しかけてきた。店内の明かりが彼を照らしている。透子に負けないくらいの色白で、柔らかな栗色の髪の、品のいい青年だった。

透子は立ち上がる。人形のように愛らしい彼女の容姿に、青年は僅かに目を見開く。

「ここそこ見たりしてごめんなさい。いきなり人が出てきたから、驚いて隠れてしまっただけです。失礼しました。おやすみなさい」

思いついた言い訳を澱みなく言うと、透子は歩き出そうとする。

しかし、青年は素早く彼女の腕を引く。

「ちょっと待った。いくらなんでもおかしい。君、絶対未成年でしょ？　こんな夜更けに何してるんだい？」

「コンビニに買い物です！」

「コンビニ行くだけで、なんでリュックサックなんか背負っているんだ？　とりあえずこっちに来るんだ！」

透子は立派なリュックサックを背負っていた。青年から見れば、完全に家出少女の姿でしかなかった。

　半ば強引に喫茶店に引きずり込まれた透子は、青年を警戒しながら案内されたカウンター席に座る。喫茶店とはいえ、こんな夜更けに少女を自分のテリトリーに連れ込む男を信用して良いかどうか、透子は怪しんでいた。

「なんでこんな夜遅くに喫茶店が開いているんだろう？　って思ってるでしょ」

　透子はムッとする。

「夜はバーになる店とかありますから。そういう店があったって不思議には思いませんけど」

「えー、本当にそう思ってた？　さっきからずっと、思いつきで喋っているでしょ？」

　透子は黙り込んだ。図星だったからだ。

　青年は笑う。

「自己紹介がまだだったね。幸村健（ゆきむらたける）です。喫茶カメリアの店長をやっています。よろしくね」

「カメリアって椿って意味ですよね？　お店の隣に生えていた木も椿だったわ。何か理由があるの？」

　健は目を丸くする。

「英語が得意なのかな？　そうだよ、カメリアは椿だ。僕の喫茶店は、紅茶メニューが充実しているんだ。お茶はカメリア・シネンシスという木の葉っぱから作られているから、カメリアを店名にしてみたんだよ」

「私の苗字、椿と紅という字を合わせて椿紅というの。椿は家紋にも使われていて、とても親しみがあるから知っていたのよ」

「え！　君、椿紅家のお嬢さんなのか。じゃあ、あの立派なお屋敷に住んでいるんだね」

　透子は口を閉ざした。墓穴を掘ってしまったと、後悔する。

　家のことからも学校のことからも、逃れるつもりだったというのに、何を口走っているのやらと自分を責める。

　眉間に皺を寄せた透子の様子を、健は観察しながら話を続けた。

「僕がこんな真夜中まで喫茶店を開けているのはね、夜じゃなければ来ることができない人がいるからなんだよ」

「どういう人ですか？ それ」

「例えば、残業が多くてついつい家に帰るのが深夜になってしまう人とか。あるいは、他の人には言えない話をどうしてもしたくて、夜中にこっそりお店に来たい人とかね」

透子は大きな青灰色の瞳で、健のことをじっと見る。

色白な彼は口元に黒子(ほくろ)があって、厚みのある唇が笑顔で引き結ばれると、それがやたらチャーミングな印象を醸し出していた。呑気に穏やかに語る彼を見て、透子は少しだけ警戒心を解く。

「今度はこっちの質問。君はどうして、こんな夜中に出歩いていたんだい？」

この頃の透子は、なるべく大人から咎(とが)められないように日々気をつけていた。

自らの行動は常に誰かに監視されていて、何かあれば両親に報告される。両親は娘が、彼らの用意した規範にそぐわぬ行動をとっていると見なせば厳しく叱責する。レールを逸脱することを責め立ててくる親とうまく過ごすためには、彼らが容認できないと思(おぼ)しき行動を自分がとった際に、それがそのまま伝わらないように画策する必要があった。目の前の健が両親と繋がっているとは思えないが、喫茶カメリアは近所の喫茶店。人の噂(うわさ)が巡り巡って、両親の耳に届かないとは言い切れない。

初対面の人間だからといって、油断して下手なことを言うわけにはいかないのだ。

「星を見ようと思ったんです。この先の坂を登ったところ、綺麗に見えるんですよ」

ありがちな嘘で苦しいかもしれないが、他に何も思い浮かばなかった。

「へぇ。それはいいね。僕も今度見に行ってみようかな」

健は透子を疑わなかった。

透子は恐る恐る彼を見上げる。彼は変わらず、穏やかな表情だった。

「星が見たいんですけど、うちは門限が二十時までなんです。だから、誰にも言わないでくれませんか？」

「分かった。誰にも言わないでおくよ」

「ありがとうございます」

透子は俯く。

そんな彼女を見つめながら、健は話を続ける。

「星と言えば、僕は昔ハワイ島の山で星を見たことがあるよ。真夏に行ったのに、山の上は真冬の気温で寒かったけど、空気が澄んでいて星が綺麗に見えた。望遠鏡を覗けば、土星のフラフープの部分なんかも見ることができたよ」

「羨ましい！　ハワイ島って、ハワイの中で一番大きな島よね？　確か、キラウエア火山があるのよね」

「そうだよ。火山が噴火して流れた溶岩が、冷えて固まって大地になった場所とかあるんだ。巨大な墨色のコンクリートみたいなものが、流れた途中で固まっていて、大地のうねりとか凄まじさを感じられたよ。海の波が飛沫をあげて溶岩に激突しているんだけど、その勢いが本当に激しくて、自然って容赦ないんだなぁとか思ったっけな」

健は思い出話を語り終えると、透子の目をじっと見る。

「ねえ、星を見ようとしていたなんて嘘でしょ？　言いたくないなら何も言わなくていいけど、でもこんな時間に外を出歩くのは危険だよ。危ない人に目をつけられたら君みたいな子、あっという間に攫われて、最悪の場合、殺されちゃうかもしれないよ」

透子は顔を真っ青にして、健を見つめる。

所詮はまだ親に守られている身。少女の幼稚な思いつきなど、大人には見え透いたものだ。

「君は物知りだし周りをよく観察しているし、受け答えもしっかりした賢い子だ。きっと、真夜中に外へ出た理由がきちんとあるんだと思うよ。だから僕は、君の考えを否定するつもりはない。だけど、危険なことをしようとしているのなら、それは止めたいと思う。自分の身は大事にしないといけない。怪我や病気、事故に遭った時、場合によっては、あるはずだった未来がなくなってしまうかもしれないからね」

健の言うことはよく分かる。自分が浅はかであることは、自分が一番分かっている。

今日の自分は、椿紅透子らしくない行動をとっていることも、よく分かっている。

それでも家を出ることを決行したのは、自分の意思を強く感じたかったからだ。

「私は誰の意思の元にも、誰の理想の元にもいません。私には私の考えがあり、私の意思があります。それなのに、私が私の意見を口にしても、誰も聞く耳を持たない。私が理想に反する言葉を口にすれば、みんな聞こえないふりをする。私だって、自分の意見を主張したいのに！　最近、みんなの欲望に吞み込まれてしまいそうになるんです。私が感情を顔に出さないのを良いことに、会う人誰もが容赦なく私を自分のテリトリーに引きずり込んで、勝手に崇めるんです」

透子は両手で頭を抱え、カウンターテーブルの木目を見下ろしながらため息を吐く。

「寝る時もずっと、親や先生や友達、親戚や近所の人たちの視線が気になって眠れない。周りにたくさんの人がいることは良いことのはずなのに、なぜかいつも一人ぼっちな気分。私は、もっと本音で話すことができる友達とか、分かり合える人が欲しいです。夜に飛び出してどこかへ旅でもすれば、私を色眼鏡で見ない人と出会えるんじゃないかって思ったんですけど。でもやっぱり、私はなんの力もないただの十五歳。成人すらしていない私は、社会では頼りない小娘でしかない。それをたった今、実感していました」

息苦しい中で生きていることを告白した透子は、ぎこちなく健を見る。

身の上話を語り過ぎてしまったことを恥じて、後悔しているのだ。

「残念だけど、君は間違いなく親の意思の元にいるし、学校では先生たちの意思の元にいる。それは君が悪いのではなくて、未成年という立場上、誰もが大人の意思の元に身を置くしかないというのが現実なんだ。成人して親元を離れない限り、自らの意思で生きるというのは難しいよ」

健は冷静だった。

この世には抗えない現実が存在する。そんなことは、わざわざ指摘されなくても、重々理解しているつもりだった。全ての現実に抗えるのなら、戦争に苦しむ人々も、災害に悲しむ人々も現れたりしない。

だから透子は、健の指摘に驚くことはなかった。しかし、悔しかった。

現実を理解していても、心がそれを受け入れられないことがある。

自分の心を守れなければ、自分がなぜ生きているのか分からなくなる。

「でもね。環境そのものを変えなくても、日常というのはちょっとしたことで、全然違って見えてくるんだよ」

深刻な顔で俯く透子の前に、健が耐熱ガラスのカップを出してきた。

いつのまにか彼は、ティーポットに青色のハーブティーを淹れていた。目の前に注がれると、ほんのりと果物を思わせる香りが漂ってきた。

「これ、ちょっと面白いお茶なんだ。しばらくじっくり見てごらん」

透子は言われるままに、透明なカップの中身を見下ろす。菫のような鮮やかな青は、快晴の空のようでもあるし、冷たい氷河に差し込む影のようでもある。どちらにしろ、広大な空間を吹き抜ける寒風を思い起こさせるので、どことなく心が冷える感覚に支配された。しばらくとは、一体どのくらいだろうか？　徐々に戸惑い始めた透子だったが、次の瞬間、その変化に気がつく。

「さっきより、灰色になっている？」

淹れたての時よりも、彩度が落ちていることに気づく。青みが抜けると、それはいよいよ、無機質で冷たいものに思えてくる。ブルーな心境から、感情に乏しい灰色へ変化しているように思えて、透子は悲しくなった。

透子の瞳が憂いを帯びた様子を見て、健は彼女の前にスライスしたレモンを出した。

「温度の変化で色が変わるんだ。今度は、このレモンを入れてごらん？」

透子はレモンをつまみ、お茶の上にそっと浮かべる。

その途端、レモン果肉と触れた部分からじわじわと、ハーブティーが紅梅色に変化していった。ピンクグレープフルーツのような、常夏の島のサンセットのような色は、目が覚めるような鮮やかさと、海辺で踊る少女のようなフレッシュさと、日暮れの幻想的で甘い時間を思わせる。

そんな可愛らしいピンク色に染まるハーブティーに驚き、透子はパッと健を見上げた。

「面白いでしょ？ これはブルーマロウっていうハーブティー。原料のウスベニアオイの花にはアントシアニンが含まれていて、これが酸性のレモンと反応してピンク色に変色するんだ」

健はシロップを出して、お好みで入れて飲むように説明する。

透子は変色したブルーマロウを眺め、考え込む。

「つまり、日常にレモンを添えるように、ということ？」

「そう」

健は自分の分のブルーマロウを淹れると、レモンを投下して色味の変化を眺める。

「日常を変えるって難しいでしょ？　自分じゃどうにもできないことが沢山あって、変えようと思っても一日二日じゃ変えられなかったりする。だけど、毎日の生活の中でほんの少しだけ、これまではやらなかったことをやってみたり、これまでは気にしていなかったことを気にしてみたらどうだろう？」

透子は瞬きをする。

「これまでやらなかったことや、気にしていなかったこと、ですか？」

「そ。なんでも良いよ。夜空の観察でも良いし、靴磨きでも良いし。いつもと違う道で家に帰るとか、話したことのない同級生と会話するとか。髪型を変えるのも良いかもね。レモンをお茶に入れるくらい気軽に、ほんの少し違うことしてみるだけで、世界は徐々に変わって見えてくるよ。きっと」

ブルーマロウのような青灰色の透子の目に、輝く星が宿る。

くすんでいるように思えた彼女の日常が、温かな紅梅色（レッドスピネル）に彩られた瞬間だった。

その日以降、透子は頻繁に喫茶カメリアに顔を出すようになった。店の状況によっては、無償で手伝うこともあった。健は透子が手を貸すことを嫌がったが、透子の我の強さに押されていつも断りきれないのだった。たった一人で経営しているので、満更でもないのだろう。

健は大学卒業後に、主に紅茶を提供する喫茶店として喫茶カメリアをオープンしたそうだ。カメリアは昼過ぎに開店し真夜中まで営業しているが、夜の二十三時以降は完全予約制となっている。健は、店主と二人だけでゆっくり羽を休めたい客人のために、夜の時間を独占できる制度を作ったらしい。

「お客さんから、夜はバーを開いてほしいって言われたんだよね。静まり返った夜にバーテンダーと話すみたいな感じで、僕と話していたいって言ってくれたんだ。でも、僕はお酒を扱わないからバーは無理。だったら、喫茶店を夜中まで開けば良いと思ったんだ」

「幸村さん、人と話すのが上手ですから、居心地が良いんだと思います」

日がある時間帯は通常の喫茶店同様、客人が何人も訪れ賑わう。そんな店内も好きだが、透子はやはり夜の時間が好きだった。二十三時以降の時間が好きな透子は、あの家出した日のように、家族にバレないように家を抜け出して手伝いに行くこともあった。健はこれも非常に嫌がったが、しかし透子に押されて容認してしまっていた。

エプロンを着て髪を後ろで纏め、ほんのり化粧を施した顔に伊達眼鏡をかけた透子はやけに大人びており、客人たちは誰も彼女を中学生とは思わなかった。規律に厳しい中で育てられた箱入り娘の割に、柔軟に行動できるのは彼女の長所だろう。

「習い事は全て、淑女になるための嗜みでしかなく、プロになるわけじゃなかったから、バレエもヴァイオリンもやめたの。ここで紅茶の勉強をする時間を作る方が、私にとっては有意義だわ」

喫茶カメリアに数回通った結果、透子は紅茶の勉強をすることを決意した。

憧れの男性に会えるという理由で来店していた頃、自分が邦彦となんら変わらない行動を取っていることに気がついた。今の自分が、羨望の眼差しを向けてくる邦彦と全く同じ顔をしていると思うと、今すぐにでも自分を変えたい欲に駆られた。

このままではいたくない。

お客として店に訪れているだけでは、自分は一生お客として扱われるだけだ。

彼が、自分を対等の存在と認識するにはどうするべきか？

年齢の異なる彼と同じ位置に立つには、自分はどんな努力をするべきか？

考え抜いた末に透子が導き出したのは、健が扱う紅茶について知ることだった。

「幸村さん。今度、紅茶の仕入れに連れて行ってくれませんか？」

この時期の透子は、健に会うことが目的だったが、紅茶の知識を増やしたい思いが強くなり、むしろ逆転してきていた。彼女は勉強が得意で、知的好奇心が強いので、なんでも吸収しようという気概に満ちていた。

無垢(むく)な少女時代の透子は気がつかないが、いつも困ったような顔で微笑む健は、大人としてこの美しい少女とどう接するべきか悩んでいたのが、実際のところである。

「いいよ。今度の土曜日の昼、空いているかな?」

花が咲くような笑顔を見せる透子を、彼はため息を吐きながら眺めていた。

しかし、仕入れのために健と外出したことは、運悪く透子の両親に知られることとなった。透子は目立つので、彼女を知る者が、街で見知らぬ男といる姿を発見したのが最後、噂はあっという間に広まってしまったのだ。

素性の知れぬ成人男性と過ごしていたことを、透子の両親はひどく嫌がった。だが彼らは、健と接触して、彼を責めるようなことは一切しなかった。

代わりに、両親は透子を遠く離れた街の、全寮制の中高一貫校へと強引に編入させ、二度と同じようなことが起こらない措置を取ったのだった。

レッドスピネルの色に変わったブルーマロウで、透子は喉を潤した。

「大学生になった頃、私はようやく地元へ帰れたから、早速喫茶カメリアを訪れたわ。だけど、店はもぬけの殻だった。とっくの昔に閉店していたらしくて、近所の人に事情を聞いても、詳しいことは誰も知らないみたいだった。幸村さん、真夜中まで一人で働いていたから、経営がうまくいかなかったのかもしれないわね」

透子はふぅと息を吐いて、伸ばしていた背筋を少しだけ曲げた。

「私はいつか紅茶を扱った仕事がしたいと思っていたから、その後すぐにイギリスへ留学したわ。現地で勉強して、帰ってきてからは、親の希望通り親戚が経営する会社に入社した。そしてこの場所を借りて、念願だった紅茶のお店を、副業として開くことができたの」

透子は織香たちの寂しそうな顔を見て、クスクスと笑う。

「ちょっと、話し過ぎちゃったわね。ごめんなさい」

伊織は必死で目を開けていたが、あまりにも顔が熱くて両手で頬を覆う。

彼の視界は、レッドスピネルの分厚い幕で完全に覆われていた。これが、耳元で聞こえ続けている鼓動の音や、胸が絞られているみたいに苦しいことと関係しているのは分かっている。自分の全身から、熱い想いが迸(ほとばし)っていて、それが視界を覆っている透子の色が見たくても、自分の色で何も見えない。自分の想いが強すぎて、彼女が今どんな想いでいるのか分からない。織香や雄大の感情の色さえも見えない。

心臓が痛過ぎて集中できない。頭皮からつま先までもが痺(しび)れて、息が苦しい。

椿紅透子という人物を知らない頃は、単にその外見や余裕のある立ち居振舞いに惹かれているだけと思い込み、深く考えていなかった。

だけど今は、流石に認めないわけにはいかなかった。

彼女の瞳に潜む影の正体は、かつて愛した男であった。

伊織が知る椿紅透子は、幸村健無くしては存在しない。

それが無性に悔しい。負けないくらい、自分の存在を彼女に示したい。

溢れる想いがそのまま彼女に伝わり、見知らぬ男の影を塗りつぶせればいいのに。

そんな願望をつい、抱いてしまう。

熱に浮かされる伊織とは違い、織香は冷静だった。

「幸村さんについて、その後、分かったことはないんですか?」

透子は微笑むだけで、何も語らなかった。

＊

アウトレットモールの噴水の縁に腰をかけた伊織は、魂の抜けたような顔で向かいのブランドショップを眺めていた。ガラス張りのショップは店内が丸見えで、試着を繰り返す織香を観察することができた。織香の側には雄大がいて、彼女の荷物持ちをしていた。雄大の顔はだらしなく緩んでいる。奴隷のように扱われているのにも拘らず、彼はやたら嬉しそうだった。我儘で幼稚な姉のどこを気に入っているというのやら。伊織は呆れてそっぽを向く。すると日差しが目に直撃してきたので、慌てて地面に視線を落とした。

「あー。しんど」

誰が悪いわけでもない。自分が不幸に見舞われているわけでもない。だが、嬉しくも楽しくもない。どっち付かずの宙吊り状態。これからのことを考えると、真綿で首を絞められるような苦しさに襲われる。

数分後。伊織の視界に革のサンダルが現れた。顔を上げると、腰を細紐で絞った麻地のワンピースを着た織香と、お付きの人のように少し背を低くした雄大がいた。

「伊織、あんた暗すぎ！ どうせ透子さんのことで頭がいっぱいなんでしょ？」

「違うわ！ こんな真夏日に買い物なんて、男からすれば疲れるだけなんだよ！ 終わったか？」

「そーいうこと言う男は女に嫌われるよ？ 買い物の相手ができる紳士になれないなら、透子さんのことも諦めないとだねぇ。あの人、それなりに拘り強そうだから、長～い買い物すると思うよ」

「はあっ？」

織香に言い返してやりたくて強がって吐いた言葉だったが、火に油を注ぐこととなり、伊織は肩を落とす。魂が抜けかけている伊織に、姉と口論する体力はなかった。

「さっきから透子さん透子さんって、なんなんだよ」

「それはこっちの台詞よ。せっかく楽しいショッピングに誘ってやったのにしみったれちゃってさ！ あんたこの間から変よ！」

「楽しいショッピングって。どうせ荷物持ちのために呼んだくせに。あわよくば奢らせようとしているくせに」

「沢渡」

愚痴モードに突入した伊織を止めたのは、雄大だった。

胸にブランドロゴが縫い付けられたポロシャツにジーパン。相変わらず、可もなく不可もない服装の彼だが、表情だけはいつになく真剣だった。

「お前、自分のこと全然話さないから、いつも何考えているのか分からなかったけど、今なら分かるぞ。喫茶カメリアの店主だった幸村さんがどこへ消えてしまったのか、気になっているんだろ？」

心臓を抉られるような感覚に襲われ、伊織は顔を顰めた。

「俺がお前の立場だったら、そこが一番気になるよ。透子さんはまだ幸村さんが好きだから、あの店で幸村さんを待ち続けているのかもしれない。とか、考えたら、夜も眠れないよな！」

「いや別に、そこまで考えてなんかないけど……」

鳥肌が立ってきたので、伊織は雄大から目を逸らす。

早くこの妙な会話が終わってくれることを祈るが、そうは問屋が卸さない。

「考えてなくても、気にしていることは十分伝わるぞ。なあ、それならさ、俺らで幸村さんを調べてみないか？」

「それ良いね。何か発見があるかもしれない！」

雄大と織香は、なぜか勝手に幸村健の行方について話し始めた。

「おい！　勝手に何話してるんだ。透子さんは、そこには触れてほしくないから話さなかったんだろ？　勝手に調べたりしたら迷惑に決まってる！」

雄大と織香は、喚く伊織を睨みつける。

「あんたねぇ。そんな風に相手に遠慮しているようじゃ一生童貞のままよ？　幸村健とかいう見たことのない男にヤキモキして立ち止まっている暇があるわけぇ？　本気なら、その幸村健をぶっ倒して自分が透子さんを奪うくらいの勢いがあって当然だと思うけど！」

姉の容赦ない物言いに伊織は憤るが、悪態を吐きかけた口を閉ざし、深呼吸をした。今のままでいるよりは、動いた方が良いのは間違いない。

「だったら協力しろよ。二人とも」

雄大と織香は楽しそうに伊織を突っつくと、駐車場へと歩き出す。

こうして三人は車に乗り込み、アウトレットモールから市街地へと向かった。

透子の話だと、近隣の人々は、喫茶カメリアの閉店理由も、幸村健の行方についても知らないようだった。それなら、どこへ行けば幸村健の情報があるだろうか？

雄大が運転する車の中で、三人は話し合った。最終的に伊織が、透子の話の中から手がかりを見つける。

「紅茶の仕入先を巡ってみないか？　お店を経営していたなら、卸売業者の人とは頻繁にやりとりがあったはずだ。その中に、もしかしたら幸村さんを知っている人もいるかもしれない」

伊織はアルデバランで在庫管理をすることもあるので、透子が利用している紅茶の仕入先もある程度は知っていた。営業っ気のないアルデバランの紅茶の消費量は少ないので、追加発注する頻度は低い。そのため、うろ覚えの中ネット検索をしながら、数店舗ピックアップして、片っ端から回っていくことにした。

「他の卸売店は県外とか海外になるから、今すぐ回れるのはこの七店舗。川辺、あんま時間がないからなるべく早めに頼む」

免許取りたての雄大は、沢渡姉弟に煽られながら必死で運転する羽目になった。

こうして数店舗回り、取り扱っている茶葉を見つつ、さりげなくスタッフに話を聞いていった。調子の良い性格の織香が役に立ち、ぎこちない伊織と違ってすぐにスタッフやオーナーと打ち解け、幸村健の話を聞き出してくれるのだった。しかし、どの店舗に行っても、幸村健の行方については首を傾げる者ばかりだった。

「幸村さんが来ていたのって結構前のことですから、あまり覚えてないんですよね。当時もお話しすることはありましたけど、軽い世間話程度でしたから。綺麗な顔の好青年だったから、うちの女性スタッフにはファンが多かったけどねぇ」

誰に聞いてもこんな調子なので、徐々に三人とも疲弊していった。

それでもめげずに回り、ついに最後の店舗に辿り着いた。

瓦屋根に白壁、入り口に暖簾(のれん)がかけられたその店は、日本茶を取り扱う店だった。店内に揃っているお茶の大半は緑茶。しかし、数十種類に及ぶお茶を眺めていると、その中に日本産の紅茶「和紅茶」も置いてあった。

「和紅茶に興味があるんですか？」

和紅茶ばかりじっと見ていたので、店主に話しかけられてしまった。

伊織は慌てて顔を上げ、ぎこちなく会釈する。店で接客されるのは苦手なので誰かにパスしたかったが、肝心な時に限って織香と雄大は茶菓子エリアで足を止めて話し合っていた。

伊織は諦めて店主と向き合う。中年くらいの男性店主は、伊織と目が合うと目を薄めて口角を上げる。

「紅茶のお店でバイトしているんで、気になりまして」

「おお、そうなんですね！　何て名前のお店ですか？」

「紅茶専門店アルデバランと言うんですが……」

「ああ！　アルデバラン知っておりますよ。綺麗なオーナーさんが、たまにうちに来てくれますからね。その前にやってた、喫茶カメリアの幸村さんも好青年でしたし。あそこは美男美女が集まりやすいんですねぇ。ははは」

透子以外で初めて、自ら「喫茶カメリア」の名前を口にする人物と出会った。

やはりあの場所は、かつては別の喫茶店で、幸村健は間違いなく、あの場所で客に紅茶を振舞っていたのだ。

「幸村さんのことを、知っているんですか？」

「もちろんですよ。彼の実家は紅茶茶園を営んでいましてね、うちにも卸してもらっているんですよ。でも幸村くんとは、もう十年以上も会ってないねぇ。頻繁にやりとりしていたわけじゃないから、気がついたら会わなくなっちゃっていたって感じで。まあ、お店って大変だから、実家に戻って、茶葉作りでも手伝っているのかもしれないですね」

店主の男は店頭の紅茶に視線を落とし、その中からある茶葉を見つけ、手に取った。

「ほら、これが幸村茶園の和紅茶ですよ。この機会にどうでしょう？」

上部がジッパーになった白い袋に、品良く明朝体のロゴが入った和紅茶。伊織は、吸い寄せられるようにそれを受け取っていた。

帰宅すると、伊織は早速ケトルで湯を沸かし始めた。紅茶に使うお湯は、水道から出したばかりの酸素が多い水を一気に沸騰させたものが良いと、透子に教わっていた。伊織は、店で購入した幸村茶園の和紅茶を取り出す。ティーバッグに入っているので、自宅にティーポットがない伊織でも飲むことができる。

ケトルがカチリと音を立てると、伊織はティーバッグを入れたカップに熱湯を注ぐ。猫舌なので、冷めるのを待ち、息を吹いて温度を下げながら、少しずつ飲み始める。

葉っぱのまろやかな甘みの奥側に、北の風を思わせる渋みが微かに過る。すっきりとしていて、口当たりの良い飲み口。目を閉じていると青々とした草原が思い浮かんでくる。和紅茶というのは、癖がないものが多いのだろうか？　透子が栞菜に提供したべにひかりも、非常に飲みやすい印象があった。

伊織は白いパッケージを見る。表面には和紅茶と記されているのみ。裏面の原材料名も「茶」と記されているのみ。詳しい情報が分からなかったので、スマホを開き、原産地や加工者を検索してみた。

茶の名前は「桃生茶（ものうちゃ）」。四百年の歴史がある茶葉で、元々は緑茶として飲まれていたが、近年、地元を盛り上げる意味も込めて、紅茶としても製造するようになったそうだ。

伊織はスクロールして記事を読むと、スマホから顔を上げ、天井を仰ぐ。

夏季休暇はまだ始まったばかり。

今が丁度良いタイミングだった。

✷

アルデバランで戸棚の整理をしていた透子は、メールを一通受信する。

伊織からのメッセージだった。

「川辺くんがまた来たがっているのね……。いいですよっと」

雄大が来店を希望していると報告してきたので、彼女はすぐに許可を出した。雄大が来店した日は、織香が場を独占した挙句、透子が自分自身の話をする羽目になった。雄大の話が殆ど聞けなかったことは、透子としても心残りだったので、再度申し出があることを喜ばしいと感じる。

しかし、その日の夜にアルデバランに訪れたのは、伊織だけだった。

悲壮感溢れる表情で来店した伊織を見た瞬間、透子は彼が何かを知ったことを察した。やはりこの間は話し過ぎたかもなと、彼女は後悔する。

「川辺くんが来るんじゃなかったの？」

それでも彼女は、表面的な体裁を保つべく質問を投げかけた。

「すみません、嘘を吐きました。川辺は来ません。透子さんと二人で話がしたかったんです。予約が入ったと言えば、場を作れると思って」

伊織はカバンに手を入れながら、辛そうに話す。

「透子さん。あなたが大家をしているのはなぜですか？」

昼間は会社員として働き、夜は賃貸で借りている喫茶店で接客する透子が、隣のアパートの大家をしているのはなぜなのか。伊織は最初、持ち家を得ることで収入を増やそうとしているのだろうと予想していた。賢い透子が個人資産を増やすために行動する姿は、容易に想像できたからだ。しかし、地元の名家で生まれ育った彼女が、自ら資産を得ようと開拓する必要があるのだろうか？　現在も親戚の会社で働き、一族の中に納まっている彼女が、資金源を心配する必要など皆無に思われる。

「ちょっと調べたんですけど、椿紅家は、ここら一帯を占める大地主だそうですね。

俺のアパートも昔から椿紅家が所有していた。そして、この喫茶店でさえも、椿紅家の物、ですよね？」

透子は瞼を閉じて一度息を吐くと、鋭い眼を向けてきた。

「その手に持っているのは、宮城県石巻の桃生茶ね？」

いつのまにか手元を見られていたことに驚き、伊織は慌ててカバンから手を抜く。

桃生茶だが、こちらはティーバッグではなく、茶葉でもらってきたものだ。

「じゃあ今夜は、あなたが私にその和紅茶を淹れてくれないかしら？　何を知ってきたのか、ぜひ聞かせてちょうだい」

透子は微笑むと、カウンター席へと向かうのだった。

伊織は先週、アルバイトを休ませてもらっていた。桃生茶の産地であり、幸村健の故郷でもある、宮城県石巻市を訪れていたからだ。新宿から仙台までは、夜行バスなら四千円弱で行くことができる。仙台駅から石巻駅へは電車で移動。茶園までは、現地のバスと徒歩で一時間以上かけて、なんとか辿り着くことができた。

幸村茶園まで来てから、事前に一報入れておくべきだったことに気がつき、伊織は後悔する。突然見ず知らずの大学生に来られても、迷惑だと思ったからだ。

　しかし、一面に広がる茶畑を前に立ち尽くしていた伊織の肩を叩く者がいた。

　驚いて振り返ると、気分が晴れるような笑顔がそこにあった。

　手ぬぐいを頭に巻いて、農作業服に身を包んだ中年の女性だ。屋外の作業が多いのか、頬や鼻の頭が赤く焼け、少し皮が剝(む)けている。彼女は、玉蜀黍(メイズ)色とオリーブ色がマーブル模様のように混ざった、やや独特なオーラを放っていた。

「君、ちょっとだけ私の弟と似ているわね。お茶に興味があるの？」

　彼女は気さくな態度で世間話を始める。何も訊いていないのに、彼女は一方的に話し続け、気がつけば、伊織はその女性に誘われて、茶園の中、彼女の家に連れてこられ、自慢のお茶を出されていた。

　彼女は幸村舞(ゆきむらまい)。現在は両親と共に、茶園で働いているそうだ。

　東京の紅茶専門店でバイトをしていることを話すと、舞は頭の手ぬぐいをするりと外し、遠い昔を懐かしむような顔になった。

「紅茶専門店ってことは、紅茶ばっかり売ってるお店なのよね？　私の弟も、紅茶バカだったのよね」

　舞は腕組みをして、椅子に座る伊織を見下ろした。

「君、なんで東京から、こんな辺鄙(へんぴ)なところへ来たの？」

伊織は恐る恐る、この場所へ訪れるまでの経緯を説明した。変にごまかしたりなどせずに、ありのままを素直に伝えた。

すると彼女は立ち上がり、伊織を和室に案内した。板張りの廊下を進み、開かれた襖（ふすま）の奥へ舞が入った辺りで、伊織には結末が見えていた。

深呼吸した際に鼻を突いた香りに、この世の無情を感じた。

畳を踏みしめた伊織の視界に入ってきたのは、黒塗りの仏壇だった。

「健は私の弟だよ。東京で喫茶店を開くのが夢で、大学卒業後にその夢を実現させていた。地元のお茶も広めたいって言って、うちに帰ってくる度に茶葉を持って帰っていたよ。まあ、あの子は紅茶ばっかり持って行くもんで、よく親父（おやじ）とは言い合いになっていたけどね」

肩を揺らして笑いながら、舞は仏壇の前で正座する。

伊織もつられて、膝を曲げた。

「本当にたまたまだったんだよ。三月に友達に呼ばれて、健はこっちに戻っていたんだ。神様っていうのは残酷なもんだよね。まるで狙っていたみたいに、あの子のことを襲った。君だって知っているでしょ？　十二年前にここで何が起きたか」

伊織は七歳だったので、大人たちが何に騒いでいるのか分かっていなかった。

だが、メディアが映した現実味のない光景はよく覚えている。

「東日本の震災ですね……」

線香を焚いて、二人は手を合わせた。

目尻に涙が溜まってきたので、眉根に力を込めて堪えながら、伊織は隣に座っている舞を観察する。

舞の放つ、黄色系のメイズは、太陽へ向かって輝かしく生きる色。同時に見えてくるオリーブ色は、どうにもならない現実を嘆きながらも、嫋やかに受け止めようと努めるようなイメージがある。自然の力を受け止めたり、うまく交わしたりしながら、揺蕩って定まらない世界を生きる植物のような人だと思った。

伊織はティーポットに茶葉を入れようとするが、なぜか異様に緊張して手が震え、気合を入れなければ零してしまいそうだった。分量を確認して慎重に茶葉を足し、お湯が沸き上がると、伊織は意味もなく息を止めながら、熱湯をポットへ注いだ。茶葉が十分に花開いた頃に、カップに注いで、透子の前に出す。

湯気が立ち込める桃生茶を見下ろす透子の瞳は、長い睫毛で覆われていて、そこにどんな想いを滲ませているのかまるで分からなかった。

「十二年前。幸村家は、健さんが津波に流されて亡くなったことを、喫茶カメリアの物件を管理している管理会社に伝えました。彼らは落ち着いた頃に上京して、未払いの家賃を払ったり、荷物を持ち帰ろうとしていたそうです。だけど、長く続く避難生活では、喫茶カメリアどころか、自分たちの先行きすら分からなかった。そんな時、管理会社から連絡が入ったそうです。電話口で担当者は、健さんの事情を知った大家が、未払いの家賃免除を申し出て、さらに店内にある荷物もまとめてくれたと話したそうです。荷物は、必要であればいつでも郵送するし、不要であれば処分しておくとまで言ってくれたとか。その親切な心遣いに感激して、舞さんが大家の名前を尋ねたところ、それは椿紅さんという変わった苗字の人物だったそうです」

透子はうっすらと笑みを浮かべ、肘をつく。

彼女は、夜空に浮かぶ月を見るような、遠い目をしていた。

「この椿紅さんというのは、透子さんの家族のことですよね？　このお店は最初から椿紅家が所有する物件で、すなわち透子さんの物件だった。透子さんが僕のアパートの大家をしているのは、ここでお店を開く代わりに家族の手伝いをしている、といったところではないですか？」

伊織は遠慮がちに透子を見つめる。

彼女は小さく笑った。

「正解。沢渡くんは名探偵ね」

「健さんの行方も、閉店理由も、家族に聞けばすぐに知ることができた。透子さん、あなたは僕らには話さなかっただけで、全部知っていたんですね」

「そうよ」

淡々とした口調だった。透子の顔面にはすました表情が張り付いているばかりで、彼女の感情は見えてこない。たとえ何があろうとも本音を見せぬ、壇上の役者のような振舞いだ。

伊織は彼女とは真反対だった。

「なんでそんなに冷静なんですか！」

群青色（ウルトラマリン）の斑点がたくさん出てきて、目の前で明滅している。伊織はまた透子の色を見ることはできず、代わりに自分の感情の色を見ていた。

悲しい過去を掘り返されても平然としている透子を、揺さぶりたくて仕方がない。愛した人の死を嘆く気配すら見せない、透子の鉄壁な精神を、どうにかして粉砕してやりたい。

そんな、まるで彼女の懐を刺すような攻撃的な感情が湧きあがった。

それと同時に、いつまでも彼女の本心を知ることができないことを悲しく思う。

「沢渡くん。あなたはつい最近知ったから動揺しているんだと思うけど、私にとってはもう何年も前の、過去の話よ。冷静になれるくらいの、長い時間を過ごしてきているの」

透子は、伊織が淹れた紅茶を飲む。

彼女は、そのまろやかな味わいに目を閉じ、安らかな寝顔のような表情になる。

「ちょっと蒸らし時間が長いようだけれど、慣れてない割には上手に淹れることができているんじゃないかしら。バイトしているだけのことはあるわね」

伊織は荒れた大地に立っているような虚しさに襲われた。

紅茶の淹れ方を褒めてもらえたが、この紅茶のおかげで透子の心が見えたわけでもなく、この紅茶が透子の心を変えたわけでもない。

自分は透子の過去を調べて、何がしたかったのだろうか？

私利私欲に駆られていただけなのではないだろうか？

伊織は、自分が何をしたいのか分からなくなってしまった。

✷

夏休み中なので、キャンパス内の人通りは少なかった。

絵画棟のアトリエを覗くと、三年や四年が数人、二年は二、三人程度、それぞれ自主制作をしているようだった。一年は伊織を除けば一人もいない。

夏に自主制作に来る熱心な一年生、というわけではない。今日の伊織は、家にいるのは落ち着かず、かと言って美術館やギャラリーへ行く気力はなく、遊ぶような気分にもなれず、いつもの足癖でふらふらと大学へ来てしまっただけだった。

カバンや衣服から出し入れし過ぎたせいで、角が縒れてしまった手帳を、手元に開いて眺める。ここ数ヶ月の間、この手帳には伊織の目に見えた色について記してきた。

絵画制作だけでなく、伊織自身の人生において、自分の目に映るものを鮮明に理解しておくことは重要であると感じたので、記録を取る癖をつけていた。

しかし、まだ分かっていないことがあった。

それは、人から色が見えるタイミングだ。

例えば邦彦。落ち着きがあり第三者からは感情の浮き沈みが見え辛い彼からは、色を見ることが少なく、見えたとしてもほんの数秒でしかない。

そんな邦彦から色が見える時とは、具体的にはどんな状態なのだろうか？

そこが、伊織にはまだ分からない部分だった。


伊織は構内をふらふらと彷徨う。酸素が薄く霧の深い山道を歩いているような感覚で、とぼとぼと歩き続ける。しかし、意識は現実にあった。何も考えたくないと思いつつも、伊織が進んでいる先には見知った場所がある。考え事をしていると、思わず頭の中にイメージしている人や場所を実像で見たくなる欲求が生まれる。

自然と、伊織は骨格研究室の前に立っていた。

夏休みだ。流石に誰もいないだろう。そんな風に思いながら、そっと扉のノブに触れたら、扉はあっさりと開いた。

「沢渡くん？」

部室には邦彦が一人、いつものように奥の席に座っていた。

彼は頭蓋骨模型を片手に持った状態で、闖入者の伊織を見ていた。

「え？　あっ、す、すみません！」

扉は施錠されているとばかり思っていた伊織は、予想外のことにたじろぎ挙動不審になりながら、そそくさと部室に入り込む。本当は逃げ去りたかったが、ノックもなしに扉を開けておいて、何もなしに出て行くわけにはいかない。

後ろ手で扉を閉めると、伊織はその場で立ち尽くしてしまう。

今の自分は防御力ゼロ。鋭い邦彦に突かれたら、ガラスのようにあっけなく粉砕してしまうに違いない。

「何か、僕に聞きたいことでも？」

邦彦は頭蓋骨模型を机に置いて立ち上がる。丸メガネのフレームを押し上げながら、伊織のことを観察する。

伊織は必死で頭を回転させるが、言うべき言葉が見つからず、地面に視線を落とす。

妙な伊織の様子を見た邦彦は、顎を手でさすりながら天井を見上げる。

「僕の方から君に聞いてもいいかな？」

その台詞に、伊織は反射的に顔を上げた。天井を見上げながら考えに耽る邦彦を、伊織はスクリーンに映し出された映画を見るような気分で、ぼんやりと見る。

「前に君、中学生の女の子から黒っぽいオーラが出ていると話していたよね？　僕はあれがとても気になっていたんだ。君は常人とは世界の見え方が違うのではないかと思った。色が見えるという現象で思い当たるのは共感覚。ロシアの作曲家スクリャービンは、ドが赤色であるなど、音と色を指定していたと言う。これと似たように、沢渡くんには、人から色を感じる能力があるんだろう?」

伊織は驚いた。二十年近くの人生で、伊織の性質に自ら気がついてくれた人間は、邦彦が初めてといっても過言ではない。大抵の人間は、伊織のことを変人だと思うだけでそれ以上考えない。気になっても深く考えることはない。人は所詮、他人のことなど然程考えることはなく、その日その日を自分にとって良いように生きているからだ。天才だと囃し立てる両親も、自分たちが楽しい気分になるばかりで、その性質の実態を知ろうとはしなかった。その能力を息子が嫌っているとは、露ほども思っていないだろう。

伊織が能動的に他者へ理解を求めない限りは、誰も伊織の世界には気がつかない。

だから、素直に嬉しかった。

「そうです。僕には、人の感情の色が見えます」

伊織は目を凝らすが、今の邦彦からは何の色も見えてこない。

「だけど、見える時と、見えない時があります。今の矢代さんからは何の色も見えません。透子さんからは、一度も見えたことがありません」

伊織の悩みを聞いた邦彦は、腕組みをする。

「人から色が見える時について、自分で気がついていることはあるの？」

どうやら邦彦は、伊織が抱える謎を一緒に考えてくれるようだ。

今まで一人で悩みと格闘していたので、なんだか心強い。

「実は今、自分の色だったら見えています。物事がうまくいかないと、僕は閉塞感を抱えやすいみたいで、閉塞感を示すオイルグリーンが見えています」

「つまり、心に蟠りがある人の色が見える、ということかな？」

伊織は首を振る。

「いえ、ポジティブな状態の人から色が見えることもあります。感情が、表情や態度に出ている人の色が見えるんだと思います」

ふぅむと唸り、邦彦は思考の海に浸る。

伊織は続ける。

「アルデバランに来るお客さんからは、大体いつも色が見えます。来店した瞬間に色が見えますし、透子さんと話して紅茶を飲んだ後には、その色が別の色に変化する様子も見えます。最初はネガティブな感情だけど、変わった後の色はポジティブな感情であることが多いです」

邦彦は机の前へ回り出て、軽く寄りかかった。

「アルデバランへ来る人は、心に余裕がない人が多い。そんな、心が悲鳴をあげている状態が、店で過ごすうちに安堵や喜びに変わる。店にいるだけで感情の上がり下がりが激しい。沢渡くんはそんな感情の移り変わりを、色で見ているんだろう。だけど、紅子だって無感情な人間じゃない。彼女の表情が、笑ったり怒ったりしていることだってあるだろう？　だから、感情が表情や態度に出ていることだけが、色が見える条件ではないと思うんだ」

顎に手を当てながら、邦彦は伊織を見てくる。

伊織を見ているようにも見えるし、伊織越しに何か別のものを見ているような目でもあった。

「もしかして沢渡くんは、自分が抱える悩みや苦しみ、喜びなどを、他者に知ってほしいと思っている人の色を見ているんじゃないかな？　自分の想いを他者と共有したいと願っている人に、君は敏感に反応しているんではないだろうか？」

「自分の想いを、他者と共有したいと思っている人の色……」

邦彦の言葉を反芻してから、伊織は自分の現在の状態に気がつく。

伊織は、自分が抱えている悩みを誰かと共有したかったから、邦彦に自分のことを話した。邦彦に自分のことを分かってもらいたい想いが、色となって見えている可能性は十分ある。

オイルグリーンが、ヒビ割れて散っていった。

謎が明かされた開放感に満たされる。

同時に、伊織は底知れない寂しさを感じた。

なぜなら、この説が正しいのであれば、透子は他者と感情を共有することを、拒んでいることになるからだ。

✷

客人のいないアルデバランは、森の中にいるような静けさが漂う。薄暗い照明やシンプルなデザインの木製家具、植物を模したランプ。異国を思わせる不思議な壺や、まだ使っている場面を見たことのない道具もある。

伊織は一人、紅茶の発送作業を行っていた。

本日は予約客がいないので、透子は来ない。伊織はスペアキーを預かっており、注文メールが入った時に、店に来て作業している。

茶葉がほんのり香る空間で一人、伊織は黙々と作業を続ける。商品を確認して戸棚から取り出し、商品名や分量に間違いがないかチェックすると、エアキャップを丁寧に巻いて袋や箱に入れ、お礼文と紅茶の淹れ方を記した手紙を添えて封をする。最後に顧客名と住所が印字されたシールを貼り付け、集荷依頼の電話を入れたら終了。

そんな単純作業なので、伊織は右から左へ流すように淡々とこなす。

しかし、今日の伊織は集中力がなかった。簡単な作業だからこそ気分が乗らず、所々で手を止めては宙をぼんやりと眺めていた。誰かがいれば気が引き締まるが、一人だと緩み続ける一方だった。

ようやく最後の梱包が終了し、発送先を記したシールの貼り付け作業に移る。専用の機械で情報が印字されたシールを出力すると、貼り付け位置を定めて剥離紙を取り、平行に、ズレたりヨレたりせずに、美しく貼る。何度も行っているので、完璧に貼ることができて一人満足する。しかしその時、伊織はシールに記載されている情報に違和感を覚えた。

「この人、滅茶苦茶(めちゃくちゃ)近くに住んでる……」

その住所は、アルデバランの目と鼻の先。道路の向かいに渡って数秒歩いたところに建っている、デザイナーズアパートだった。伊織は上京時に周辺の物件を調べまくっていたので、住所を一目見ただけで気づくことができた。

「夜以外開いてない店だから、注文してくれてるのかな？　こんな近所なのに配送料取るのは、ちょっと申し訳ないな」

伊織は店の注文履歴を確認する。注文者の名前は真壁杏里沙（まかべありさ）。その名前を入力して検索をかけると、今年だけでも何度も、しかも同じ紅茶ばかり注文していることが判明した。更に伊織は履歴を遡る。昨年、一昨年と過去を辿る。真壁杏里沙の名前は、在り続ける。透子がアルデバランを開店したのは、三年前だった。伊織は三年前の西暦を入力する。

「マジか……」

　真壁杏里沙は、最初期から購入してくれている常連客だった。

機械的に作業していたので見過ごしていたのもあるし、他人の住所をいちいち気にするわけにもいかないのもあり、真壁杏里沙という存在に気づくことが遅れた。

「なんか悪いな……」

伊織は閉じた袋を開封して、お礼の手紙を開く。空白部分に、手書きメッセージを添えてみた。

〝いつもご購入ありがとうございます。新しいスタッフの沢渡伊織と申します。宜（よろ）しければ、ぜひご来店ください〟

透子のことだから、真壁杏里沙のことは当然把握しているだろう。リピーターがいるのなら教えてくれれば良いのにと、伊織はやや不満に思いながら、もう一度新しい袋に詰め直すのだった。

数日後。都内のギャラリーを巡った伊織は、夕方頃にアパートへ戻ってきた。アート鑑賞で体力ゲージを使い果たして、草臥（くたび）れていた伊織だったが、前方に佇む人影を目にした途端に背筋が伸びた。

その人物はアルデバランの横に生えている椿の木に身を寄せ、そこから店の内部を窺っていた。後ろ姿なので、顔は見えない。

アルデバランは、本日も予約がないのでクローズ状態。店員と話すことはおろか、店内に入ることすらできないので、戸惑っているのかもしれない。伊織は心配になり、すぐさま駆け寄った。

「お店に用事があるんですか？」

突然背後から話しかけてしまったせいか、その人物は猫のように飛び上がって伊織から離れる。星のブローチをつけた黒いバケットハットを目深に被（かぶ）り、黒いマスクをつけている。顎が鎖骨に付きそうな程に俯いているので、顔はほぼ見えない。真夏だというのに、ゆったりとした宇宙柄の長袖シャツとワイドパンツを履いている。徹底して外見を隠しているので、伊織は思わず身を引いてしまった。

　その人物は伊織を見たり地面を見たり、店を見たり後ろを振り返ったりと、落ち着く気配が全くない。何か伊織に言おうとしているが、「あー」とか「えっ」などのつなぎ言葉を吐くばかり。見た目が怪しい上に挙動不審なので、伊織は益々(ますます)警戒する。

　ただ、この数秒のやりとりだけで、相手が女性であることには気がつけた。

「そこのお店でバイトをしている者です。何か、ご用でしょうか？」

　もう一声かけてみると、その女性は素早く顔を上げた。

「この間手紙をくれた、新しい人ですか？」

　瞬時に数日前を思い出す。

「沢渡伊織と申します。真壁杏里沙さんですか？」

　伊織の問いかけに、彼女は激しく何度も肯首し、唐突に背中を向ける。

「きっ、来てください！」

　体の関節が錆(さ)び付(つ)いているかのようなぎこちない歩き方で、彼女は店から離れていく。道路の向こう側へ歩いていく様子から、自宅へ招かれていることを察した伊織は、ゆっくりとその後ろを付いていった。

徒歩三分で、杏里沙のアパートに辿り着いた。彼女はポケットやカバンを漁り、ようやく鍵を見つけ出す。玄関扉を開けるとすぐさま室内に飛び入り、扉を半分閉めた状態で、隙間から外にいる伊織を見上げた。

「あの、あなたは透子ちゃんと知り合いなんですよね？」

声が小さい上にマスク越しなので、伊織は聞き逃してしまう。

「透子さんが、え？」

「透子ちゃんのもとで、働いているんですよね？」

「そうですけど。それが？」

「それなら信用します。中に入ってください」

杏里沙は伊織を室内へ招くと、すぐさま扉を閉めて施錠した。

狭い玄関に二人で立っていると、必然的に杏里沙を間近で見ることになった。

彼女は深く息を吐くと、徐にバケットハットを脱いで、壁のフックに引っかけた。

やけに細い頸に、短く切られたマゼンタ色の髪がかかっている。伊織の方を振り返った杏里沙の顔は、帽子で隠していたというのに、絵を描くように強いメイクが施されていた。マスクを外しながら遠慮がちに伊織を見上げる杏里沙の周囲には、ほんのりと黄色が混ざった白、リリーホワイトが粉雪のように散っていた。その光景は、ずっと見ていられるような耽美さがあり、伊織は不思議な気持ちになった。

杏里沙は、どんな感情を伊織と共有したがっているのだろうか？

「どうぞ、上がってください。あそこにテーブルあるので、座ってください」

杏里沙はぶっきらぼうに言うと、キッチンへ向かった。

伊織は訳が分からないまま靴を脱ぎ、不本意ながらも女性の部屋に上がりこむ。

玄関からリビングへ至るまでの壁は、アイドルのポスターやキャラクターのタペストリー、アニメやゲームのイラストなどで埋め尽くされており、やたら賑やかだった。

リビングは、カーテン、カーペット、クッションなどにすべてキャラクターがプリントされており、案内されたテーブルの脇にある椅子すべてに、キャラクターのぬいぐるみが置いてあった。

「あっごめんなさい。人なんて何年も来てなかったから……」

テーブルのそばで呆然と立ち尽くす伊織に気づいた杏里沙が、キッチンから出てきてぬいぐるみをソファーへ移動した。

「座ってください」

目の前で指示されたので、伊織は軽く会釈をしてゆっくりと腰をおろした。

杏里沙は再びキッチンへ消えて、戻ってきた時にはお盆にティーセットを載せていた。テーブルの上に、これもキャラクターの絵が入ったティーポットと二つのティーカップを置くと、伊織の向かい側にどすんと座った。

　杏里沙はカップに紅茶を注ぐ。ドボドボと音を立てて注がれ、紅茶の水しぶきが少しだけテーブルに散っていた。彼女は注ぎ終えると、可動域の狭いロボットみたいな動きで、ゴンッと音を立ててカップを置いた。さらに瓶入りの蜂蜜を出す。その蜂蜜は、よく見るとスライスしたスダチが入っていた。

「ニルギリって紅茶です。お好みで、その蜂蜜を入れて飲んでください」

　伊織は、その紅茶を知っている。飲んだことはないが、杏里沙が注文する度に袋詰めをしているのは伊織だからだ。

　飲めと言われても困ってしまう。なぜ杏里沙は、いきなり自分を家に招いたのか。いきなり紅茶を出してきたのか。皆目見当が付かない。

「えーと、一体、どんな用事で？」

　杏里沙は、緩やかな山型の眉にぐっと力を込めて、唇を強く引き結んだ。つけまつ毛と青いアイシャドーで劇画チックに彩られているせいで、表情が必要以上に険しくなった。

「手書きのメッセージを書いてくれたのは、あなたですよね？」

「そうですけど」

「私、外に出るのが超怖いんです」

「はぁ」

　惚けた伊織の反応に、杏里沙は怯えたような顔つきになる。

「私、人が超怖いんです。だから、買い物以外では外には出ないんです」

　だからアルデバランに来店することができないのだと、訴えているのだろうか。

「だけど私、透子ちゃんの紅茶を飲みたいので、透子ちゃんからずっと紅茶を買っているんです」

　伊織は視線を紅茶へ落としながら、しばし考え込む。

「今の話をするために、僕を招いてくれたんですか？　人が怖いなら、初対面の僕といるの、怖いんじゃないですか？」

　杏里沙は首を振る。

　彼女は目を大きく見開く。その途端に、リリーホワイトの粉雪は、吹雪のように強く荒れ狂い、杏里沙が雪の精のように神秘的に見えた。

「えっと、確かに怖いか怖くないか、っていったら断然怖いけど、透子ちゃんと仕事してる人なら、私、信じることができます。ていうかその、怖いとか気にしてたらどうしようもないっていうか……」

杏里沙はニルギリの入ったカップを見つめる。

「このまま、紅茶だけ買えれば良いと思ってたけど、やっぱり気になるんです。幸村さんと透子ちゃんが、今はどうしているのか。私のこと、どう思っているのか」

真壁杏里沙はイラストレーターとして、在宅で働いている。部屋に閉じこもった生活を何年も続けており、必要に迫られない限りは外出しないそうだ。彼女の引き籠り癖は幼少の頃から始まっていた。小学校高学年から学校へ通えなくなり、中学校へ上がる頃には完全に不登校となっていた。高校にも大学にも通っておらず、そんな経歴を晒した時の周囲の反応が恐ろしいことも理由となり、彼女は外へ出ないようにしている。

「外へ出るのは怖い。でも、家の中にずっといるのも地獄。昔は、どうすれば良いか分かんなくって、辛くて、夜中に外へ遊びに行ってました」

杏里沙の両親は強力な主従関係を築いていた。頑固で卑屈な父は、毎晩のように母を怒鳴って叩き、自分の都合の良いように動かしていた。父も母も、杏里沙のことは、まるで存在しないかのように放置。杏里沙に暴力を振るうことはないが、杏里沙を褒めることも、杏里沙と一緒に喜びの時間を過ごすことも一切なかった。機械的に食事や衣服、寝床が与えられる状況は、ペットとなんら変わらない。彼らの世界は二人だけで完結しており、杏里沙はいつも他人でしかないのだった。

そんな環境で過ごしていたため、杏里沙は人との接し方が分からず、同級生には気味が悪いと罵られ、一人ぼっちの時間を過ごす日が多かった。最終的には、クラスのイジメっ子に標的にされ、地味な嫌がらせを受け続ける日が続いた。苦しい思いも悲しい思いも、寂しい思いも、杏里沙はずっとその身のうちに溜め込むばかりだった。両親が会話をしてくれないので、彼女の発話能力は正常な知能を持ち合わせている割には低く、自分自身の状態を理解することも、誰かに助けを求めることもできない。心と体が疲弊し、脳が萎縮し、人間らしく生きる上で必要な栄養が不足した状態が長引き、結果としてある日、学校はおろか、布団から起き上がる力もなくなってしまったのだった。

杏里沙は地獄にいる気分だった。何回も死を望んだ。しかし、自殺を本気で実行しようと動き始めた時、いつも湧き上がってくるのは怒りだった。

ペットだって飼い主に抱き締めてもらえるのに、なぜ自分はこんなにも孤独でい続けなければならないのだろうか？

自分が孤独から抜け出すには、何をすれば良いか？

それを考えた末に、杏里沙は夜の街へ赴いた。十六歳の杏里沙は、夜道を歩く女性の中では若い。若い女性に擦り寄ってくる人間は沢山いる。あんなに誰も相手にしてくれず、孤独に引き裂かれそうな日々を送っていたというのに、夜の街ではいろんな男性が声をかけてきて、遊びに連れて行ってくれる。杏里沙の話を聞いてくれるし、杏里沙が望んだものを買ってくれるし、耳元で愛を囁いてくれる人までいる。自分は昼間に生きることができない運命にあり、夜こそが杏里沙と相性抜群の花園だったのだろうなんて、甘い幻想に酔い痴れるようになっていた。

だが、それもまた幻想。

実際に杏里沙が夜の街で行っていたのは売春行為。男性に楽しい思いをさせてもらう代償に、彼女は自分の身を売っていた。彼女は幸せに思える時間のみを記憶し、地獄の時間は意図的に忘却していた。

そのため、ここでも彼女は自分の身と心を守れず、徐々に精気を失っていった。

お願いだから私を愛してと手を伸ばし、男の肩や胸に触れて縋っていた杏里沙は、次の瞬間、道路に転がっていた。彼女は男性から、顔面や腹部などを何度も殴られ、蹴られ、道路を転がされ、唾を吐かれて、置き去りにされた。

まるで、捨てられたペットのようだった。

このまま車に轢かれて死ねれば最高だと思った。

どこで人生を間違えてしまったのか、さっぱり分からない。きっと自分は欠陥品で、他の人たちとは一生相容れない人間なのだろうと思うと、なんだか泣けてきた。せめて、母のように父に愛されたかった。そんなことすらも自分には贅沢なのだということは、重々理解している。理解しているが、心は理解してくれない。

どうにでもなってしまえと、諦めたその時だった。

誰かが杏里沙の腕を引っ張った。肩が千切れそうで痛かった。その人は杏里沙の上半身を起こすと、コンクリートの塀に寄りかからせる。スカートのポケットからハンカチを取り出すと、その人は杏里沙の顔についた血と涙を丁寧に拭き取ってくれた。目が腫れているせいで視界がぼやけているが、その人が若い女の子であることは分かった。多分今は、二十三時は過ぎている。こんな時間に若い女の子が出歩くなんて危ないよ、って言おうとしたが、唇が切れて痛過ぎて、開けられなかった。

女の子はどこかへ走って行った。さすがに帰ったかと思った次の瞬間、女の子と一緒に男の人が走ってきた。

「幸村さんこの人です！」

「一体誰がこんな酷いこと。君、立てる？　いや、立てないな。透子ちゃん、僕の背中に、彼女を乗せてくれないか！」

健は膝を曲げて、背中を杏里沙の近くへ寄せた。十五歳の透子は、細腕に力を込めて必死で杏里沙を持ち上げ、健の背中に乗せる。杏里沙を背負った健と透子は、喫茶カメリアへ向かった。

「透子ちゃんは超美人で、びびりました。こんな私のことを心配してくれて、私の手当ても、怖がらずに手際よくやってくれた。私より年下なのに、私よりしっかりしている。欠陥品の私とは違う時空に生まれた、完成された人間だと思うとあんま話したくなかったんですけど……。なぜか、話がしやすかったんです。幸村さんも同じです。二人とも、私が出会ったことのない人たちでした。二人とも、私の話を聞いてくれるんです」

二人に助けられた日、杏里沙は紅茶を飲まなかった。唇が切れていたので、健は彼女に紅茶を出さなかったのだ。

「君、まだ結構若いよね。それなのにやけに大人びた服装だ。バッグもブランド物だね。どんなことをしていたのかは、言わなくても大体分かるよ」

　健の物言いに、杏里沙の背筋が凍る。

「もし良かったら、怪我が治った頃にここに来てほしい。そして、僕たちに君の話を聞かせてくれないかな」

　杏里沙は健を睨む。だが次の瞬間には、健に甘えた目を向ける。

「私の話が聞きたい？　お兄さん、私と遊んでくれるってこと？　もしかしてそっちの子も、お兄さんの遊び相手？　一緒に三人で遊ぼうってこと？」

　健はため息を吐いて首を振る。

「今日はもう遅い。車で送るから、家に帰るんだ」

「家なんかに帰ったって、誰もいないよ。いるけど、いないみたいなもんだよ。あの人たちにとって私は、ペット以下の存在だもん。ふふふっ」

　健は何かを察したようで、やるせない表情になった。

　対する透子は、すっと手を伸ばして、杏里沙の手を握った。

「だったら、私と一緒に眠りませんか？」

　突拍子もない透子の発言に、杏里沙と健は目を丸くする。

「私と一緒に布団にいる間は、あなたは男の人に怯えることもないし、自分のことをペット以下だと思うこともないわ」

短い会話で杏里沙の状況を察知した透子は、瞬時に杏里沙を守る方法を提案したのだ。当然、杏里沙は困惑した。知り合ったばかりの少女と眠ることが、一体なんだというのだろうか？　友達がいたことのない彼女にとって、未知のことだった。

結果として透子のアイディアは実現不可能なため没となり、健が送りながら、透子と杏里沙はそれぞれの家へ帰ることとなった。

しかし、この日の透子の発言がやけに気になり、後日、杏里沙は喫茶カメリアの扉を叩いた。透子と一緒に布団で眠ることは、お互いの家庭環境からして難しいことだったが、夜中の喫茶カメリアに来れば透子に会えると思うと、冷たく厳しいばかりの日常に明かりが灯されたような安心感を覚えたのだ。

健は杏里沙から代金を取らなかった。未成年で収入がなく、複雑な家庭事情を抱える彼女を思いやってのことだ。それもあって、杏里沙は頻繁に、真夜中の喫茶カメリアに来店した。何度か来店して、健が今まで見てきた男性とは異なる人であることを理解すると、杏里沙はようやく、自分の話ができるようになった。

人が怖くて、日中は外に出られないこと。しかし、本当は人と関わりたい想いがあることを、杏里沙はぽつぽつと話した。社会的にも落ちぶれてしまった自分は、どう生きていけば良いか分からない。そんな気持ちを、息切れを起こしながら、絞り出すように語った。自分の気持ちを言葉にするには、自分の内側を掘り返さなければならない。自分の愚かで醜い部分を見なければならず、忘れ去ろうとしていた屈辱的な記憶を思い出して分析しなければならず、それは吐き気すら覚える苦痛が伴った。

肩を震わせている杏里沙の背を、透子が優しく撫でてくれた。

「外の世界って怖いよね。僕もね、ずっと家に引き籠っていたんだよ。体が弱くて学校に行けなかったんだけど、そんな日が長く続いたせいで、人とうまく接する自信がなくなっちゃって。体が良くなってからも、家で過ごしてばっかりだったんだ」

意外な健の過去の話に、杏里沙と透子は二人揃って彼を見上げた。

「だけどある日、本を読んでお茶と人の歴史を知ったんだ。解毒の薬として飲まれたことが始まりのお茶が、世界中へ広がり、今も人々の生活に寄り添っている。そんな話を知ったら、自分もお茶を通してだったら人と関われるのではないかと思ったんだ」

健は、一杯の紅茶を杏里沙に出す。

そして、「NILGIRI」と記された銀色の袋も見せてきた。

「これは南インドの紅茶で、ニルギリは、青い山という意味の地名なんだ。一九〇〇年頃から、ニルギリの丘陵地に中国種の苗木が植えられたんだけど、当初はその多くが枯れてしまった。だけど、その後の根気強い研究によって、今では沢山の茶園があるんだ」

杏里沙は飴色(あめいろ)の紅茶をぼんやりと眺めながら、健の話に耳を傾ける。

「ニルギリは丘陵地だから、標高によって採れる茶葉の味や香りが変わってくるんだ。今出しているハブカル茶園は、標高一六七〇メートルから一八三〇メートルにあるけれど、中には標高が一九〇〇メートルにある茶園もあって、そこは緑茶を専門に作っていたりする。これはまた別のグレンデール茶園のニルギリ紅茶なんだけど、ほら、色が全く違うだろう?」

健はもう一つ、別のカップに新たな紅茶を淹れて、先に出したカップの隣に置いた。最初に出された方は飴色。次に出されたのはレモンイエロー。同じニルギリとは言っても、見た目は全然似ていなかった。

健は杏里沙に微笑む。

「同じ南インドで栽培されているのに、環境だけで紅茶に大きな違いが出てくるんだ。だから、自分と他人を比べて落ち込む必要はないし、恐れる必要も、嘆く必要もない。人と直接繋がることが恐ろしいのなら、僕がお茶を通して人と繋がっているように、真壁さんも何か、自分の好きなことを通して、人と繋がってみるのはどうかな？」

杏里沙は二つの紅茶をしばし眺めながら、思考を巡らせた。

同じニルギリでも違いがある。同じ日本人でも、みんな違う。

育つ環境を選ぶことはできない。持って生まれた性質を選ぶこともできない。

それでも、誰かと繋がる方法は存在する。

「好きなこと……」

今まで好きなことについて聞かれたことがなかった。好きとは、どんな感覚だろうか？ つい、そのことに夢中になってしまうようなことだろうか？

杏里沙は考え続け、自分が無心に行っている、あることに気がつく。

「イラスト。キャラクターを描く時とか、気分が落ち着いて好きかも」

何かを見つけた気がした。今まで見えていなかった自分の一面に気がつけた。

杏里沙はその日から、イラストを描くことを意識的に始めた。健のように人と接し、社会で生きていくことができることを願い、彼女は自室で励む日々を送るようになった。

杏里沙は深く項垂れていた。

「だけどある日、いつもみたいに喫茶カメリアへ行ったら、お店はやっていませんでした。その日以降、いつ行っても閉まっていました。透子ちゃんも、ちょっと前から来なくなっていたし。二人して、私に何も言わずにいなくなっちゃったんです。私、それでまた人に対して疑心暗鬼になっちゃって。だから結局、今でも引き籠りに近い生活しているんです。イラストで食べていけるようになったし、ネットで友達ができたから、孤独ではないけど」

そう言うと、杏里沙は深く垂れていた頭を上げた。

彼女が纏っているリリーホワイト。これはおそらく、健や透子と過ごした美しい過去を想う気持ち。忘れたくない宝のような日を思い返して、愛でる気持ち。

「透子ちゃんの姿を、三年前に偶然、お店の前で見かけたんです。話しかけたかったけどコミュ症過ぎて無理だった。私が店に行き過ぎて、私のことウザくて嫌になったから、お店からいなくなったのかもって思うと吐きそうになっちゃって。でも、気になってしょうがないからネットで調べたら、通販やってたんで、それからはずっと、アルデバランから紅茶を買ってます」

伊織はニルギリ紅茶を飲む。爽やかな味わいで、果実っぽい香りが漂う。

杏里沙が勧めてくれたスダチの蜂蜜を入れると、スダチの柑橘っぽさと蜂蜜の仄かな甘みが、紅茶と見事に混ざり合って、すっきりとして上品な味わいへと変化した。

しかし伊織は、肌を切るような寒々しい中に佇んでいる気分だった。

「どうして、そんな顔をするんですか？」

懐かしい思い出の紅茶を飲む杏里沙は、伊織を見て表情を曇らせる。

杏里沙にどう伝えようか、伊織は逡巡したが、数分間黙り込んだ末、ようやくその重い口を開く。

「透子さんは元気です。けれど幸村健さんは、今はお店にはいません。だから僕は、幸村さんには会ったことがないんです」

カップを握り締めた伊織は、紅茶の水面に映る自分の顔に気づく。

真顔を貼り付けているつもりだったのに、その顔は悲しみに満ちていた。

杏里沙は何かに気がついたようで、ハッとした顔になる。

「幸村さんは、」

「ねえ」

伊織が発言しようとしたのと同時に、杏里沙が声を出した。

「あ、ごめんなさい、あのでも。私気づいたことがあるんですけど。透子ちゃんしかいないってことは、今は透子ちゃんが店長さんってことですよね？」

「そうですが？」

杏里沙は天井を見上げ目を泳がせ、しばらくしてまた伊織に向き直る。

「だから、名前がカメリアから、アルデバランに変わったんだ！」

話の繋がりが見えず、伊織は眉根を寄せる。

「私、星座モチーフがめっちゃ好きで、イラストに取り入れることが多いから分かっちゃったんですけど、アルデバランの意味、沢渡さん知ってます？」

「え……。なんでしたっけ」

曲がりなりにも大学生だというのに、伊織は何も思い浮かばない。思い浮かぶも何も、最初から知らなかった気もする。

杏里沙は天井を指差す。正確には、天井よりもさらに上にあるものを指差す。

「アルデバランは牡牛座（おうしざ）のアルファ星の名前なんですけど、アラビア語では、後（あと）に続くものって意味になるんですよ」

幸村健亡き後、同じ場所で店を開いた椿紅透子。

彼女は、その意志を店名に込めていた。

後に続くものとして、透子は健に代わって客人に紅茶を振舞っていた。

伊織は俯いて、深く考え込んだ。

✷

その日、アルデバランには予約が入っていた。透子はいつものように客人をもてなし、伊織は彼女のサポートをし、温かく色鮮やかな夜が過ぎていった。

タクシーに乗った客人にお辞儀をする。黒塗りの車が夜道を走り去る音を聞き終えると、伊織は立て看板を畳んで右の小脇に挟み、左の手には植物のランプを持ち、店の中へ引き返す。

透子は洗い場にいた。使用した食器を濯ぎ、食洗機に収納している最中のようだ。

欠伸を噛み殺しながら作業する透子を遠目に見た伊織は、立て看板を壁に立てかけ、弓形出窓と入り口扉の小窓のカーテンを閉じ、彼女の方へ向かう。

食洗機を稼働させた透子は、濡れた手をタオルで拭いていたが、伊織の視線に気づいて顔を上げる。

神妙な面持ちでこちらを見てくる伊織を、彼女は瞬きをして見返す。

「あの、透子さん」

「何？」

「透子さんは一体、どんな気持ちでお客さんに紅茶を出しているんですか？」

透子は斜め上を見上げる。

「そうねぇ。いろんな人に、お茶を身近なものと感じて、楽しんでもらいたいかな。お茶は人生に彩りを与えるってことを、伝えたい気持ちもあるわね」

黒髪を揺らして微笑む透子を見ても、伊織の表情は硬いままだった。

「それだけ、ですか？」

透子は顎を引いて、伊織を少しだけ睨んだ。

「沢渡くん、どうしてそんなに私のことを気にしているのかしら？」

先日のこともあり、伊織が透子のことをやたら気にしていることは、本人にも十分伝わっている。しかし彼女には、伊織の気持ちを汲み取る気配がない。相手の性質や状態を読み取る力には長けているが、相手と自分の関係性については、視野に入っていないのかもしれない。

「透子さんの色だけ、全然見えないからですよ」

伊織はついに打ち明けた。

無意識のうちに、両手で植物のランプを握る。強く握るがあまり腕が震えていた。

「他の人は、見える時は見えるんですよ。でも透子さんはちっとも見えない」

こんなことを言いたかったわけではなかった。

ただ、透子の店に対する想いを聞いてみたかっただけだった。

それなのに話は逸れていく。

理性で塗り固めた疑問をぶち破った本音が、剝き出しのまま突っ走っていく。

「僕が色を見る時は、人が共感を求めている時なんです。自分の想いを相手に知ってもらいたいと強く願っているから、その想いが色になって滲み出るんです。でも透子さんは色を見せない。つまり透子さんは、僕と共感することを望んでいないことになるんです……」

深く深呼吸した伊織は、悔しさに歪んだ顔をしていた。

透子は目を大きく開いて驚いており、澄まし顔の時のクールさが失われているせいか、いつもより可憐に見えた。

「全く、気がつかなかったわ」

透子はやれやれと首を振って、ため息を吐く。

「そんなことで悩んでいたなんて。近くにいるのに分からなかったわ。私は沢渡くんと、きちんと接することができていなかったのね」

頭を抱えてもう一度ため息を吐く透子。

彼女の意外な反応に、今度は伊織が驚く。

再び顔を上げた透子は、今まで見たことのない困り果てた表情をしていた。長い睫毛が青灰色の瞳に影を落とす。長い髪が垂れて、彼女の頬や鼻にかかっていた。

彼女は前髪をたくし上げ天井を見上げると、息を漏らすように呟(つぶや)いた。

「人の感情の色が見えるような繊細な子に、余計な気を使わせたくはなかったのよ。あなたが安心して過ごせるように振舞っていたつもりだったけれど、まさかそれが、逆に不安にさせているとは思わなかったわ」

それは、伊織だけでなく、アルデバランに訪れるすべての人間と接する時の、透子の振舞い方である。人が悩みを語る時、それを聞く側は相手を受け止める姿勢になる。相手を受け止める際に、透子は基本的に自分の話を語らない。透子個人の話を持ち出すと、相手を戸惑わせる可能性があるからだ。

織香は、透子自身の話を聞くことを望んだ。相手から望まれたら話さないわけにはいかず、透子は自分のことを少しだけ明かした。その際に健の死について伏せたのは、いらぬ衝撃を相手に与えないためだろう。

透子の人との接し方は、けしておかしなものではなく、間違ってもいない。

ただ、彼女は想定しきれていなかった。

一度透子に受け止めてもらった伊織が、お返しとばかりに透子のことを受け止めようとしているなどとは、彼女にはまるで思い及ばぬことだった。

透子はバーテンダーがグラスを出すような所作で、カウンターの上に植物のランプを数種類出した。毎度客人を出迎えているランプだ。

「これはね、私の叔母が作ったランプなの。手先が器用な人で、簡単な小物だったらなんでも作れちゃうの」

次に透子は、上部が円筒になっている焦げ茶色の壺を出す。鷺沼由貴子が訪れた際にミルクを入れていた壺だ。

「叔母は昔、古道具屋さんの店主だったの。主にロシアから取り寄せていて、これもその一つ。ゴルショークと呼ばれるミルク壺よ」

伊織は、自分があらゆることを見過ごしていたことに気づく。アルデバランという店名だけでなく、さりげなく店内で活躍していた小道具たちにも由来があったようだ。

ふと伊織は、あることに勘付く。

「幸村舞さんの話だと、健さんはスケルトンでこの物件を借りたとのことでした。だから、ひょっとして、その叔母さんが古道具屋をされていた場所って……」

スケルトンとは、建物の内装や設備が全て取り払われ、建物の骨組みだけが残された物件のことである。健は椿紅家からこのスケルトン物件を借りた後、キッチンなどの設備を自費で取り付けているのだ。

翻ると、建物自体は古くから存在するものの、最初期は飲食店ではない用途で使用されていたと考えることができる。

「やっぱり沢渡くんは名探偵ね。ここは喫茶カメリアができる以前、変わり者の叔母が店主を務める古道具店だったのよ」

透子はさらに、銀メッキの大きなトロフィーのような道具を出す。下部は短い四つ脚、上部には蓋が付いている。側面にはビールサーバーのような蛇口が取り付けてある。

「それはなんですか？」

「サモワール。ロシアの湯沸かし器よ」

上部の蓋を外すと、内側の中心部には円柱が通っていた。透子は円柱の周りを水で満たすと、円柱の中には熱した炭を入れた。中心に込めた炭の熱で湯を沸かす仕組みなのだろう。

透子はカップなどの道具を全てカウンターに揃えると、キッチンからカウンターへ出てくる。ハイスツールに腰をかけると、伊織も隣に座るようにと手のひらで促す。

二人は並んで座り、湯が沸くのを待つ。

「ここにある変わった道具は、どれも叔母がくれたものよ。彼女は椿紅家の堅苦しさを嫌っていて、一族の中では孤立していたの。一族の集まりには殆ど顔を出さなかったし、たまに一族で会う時はいつも強気な態度で場の空気を乱すから、幼い頃は正直苦手だったわ」

娘が男と出かけただけで、全寮制の学校へ飛ばしてしまうような親だ。同じような思想を持つ人たちがいる場に、居心地の悪さを感じてしまうのは当然だろう。

「実は、私が最初に実家を抜け出そうとしたのは九歳の時なの。自分の時間を与えてくれない親に嫌気が差して、一族の会合の日に家の門から逃げ出したの。そしたら丁度、同じように会合を途中で抜け出していた叔母が、門の外にいたのよ。叔母は私をこのお店に連れてきてくれて、いろんな話をしてくれたわ。海外へ旅行した際の文化や体験の話、小道具を仕入れて販売しようと思った経緯、一族を嫌う理由、自由に自分らしく生きることについてとか、ね」

自由に自分らしく生きる。

最後に出てきた台詞は、多くの人が望む聞き慣れたテーマだが、非常に重要だった。アルデバランに訪れる者たちは不自由さを抱えており、そこから解き放たれることを求めているからだ。

「堅苦しい毎日だったけど、叔母の店に顔を出して、一族の悪口を言い合ったり、彼女から面白い物で満ち溢れている世界の話を聞くことで、私は日々の憂さ晴らしをしていたのよ。だけど叔母は、ある時に見切りをつけて店を畳み、私にこの道具たちを残して、海外へ移住してしまったわ」

サモワールから湯気が出始める。

透子はポットに茶葉を入れると、サモワールの蛇口を捻ってお湯を入れる。その量は、茶葉が浸る程度の少量。彼女はそのポットを、上部のポット受けに乗せて蒸らし始めた。

「変わった淹れ方ですね」

「せっかくだから、久しぶりに叔母に教わった淹れ方を実践しているのよ」

透子の綺麗な横顔を見ながら、伊織は彼女のルーツについて考える。

古風な家柄の元で育った割には、凝り固まらず、優雅で飄々としているのは、叔母の影響が強いのだろう。親族の会社で働いている彼女は、叔母とは異なり、一族の方針に背いているわけではない。それでも環境を苦に思う気配がないのは、肩の力の抜き方を知っているからだろう。

「叔母さんがいなくなって、寂しかったですか？」

伊織の質問に、透子は唸る。

「叔母がいなくなってからは、寂しいというよりはしんどかったわね。オアシスがなくなっちゃったんだもの。でもある時、邦彦が勧めてくれた本に、戦争で家族と家を失った少年が犬と放浪する話があったの。それを読んでいたら、この家に閉じ籠っている自分が嫌になっちゃって、また家出を決意したわ。荷物を纏めて夜中にこっそり家を抜け出し、空き家になった叔母の店で一晩眠って、早朝の電車で遠い街へ行く計画を立てたの。知っての通り、そんな計画は簡単に崩れちゃったけどね」

叔母の店だった場所が、喫茶カメリアに変わっており、透子はそこで幸村健と出会う。健に諭された透子は、与えられた環境の中で自由に生き抜く術（すべ）を模索するようになった。

透子はティーカップに、サモワールの上部で蒸らしていたお茶を三分の一くらい注ぐ。さらに再び蛇口を捻り、濃く抽出された紅茶をお湯で薄めたものを作ると、伊織の前に置いた。

伊織が紅茶を飲もうとカップに手を伸ばすと、透子がそれを止めた。

「待って沢渡くん。これ、飲み方があるの」

そう言うと、彼女は角砂糖が乗った小皿を出す。

「沢渡くん、まだ十九歳なんだっけ。お酒が入ったチョコレートとか食べられる？」

「食べられますよ。母と姉はお酒の味が苦手なので、贈り物のチョコレートを家族で食べる時、お酒入りのものは父と僕の担当です」

「それなら良かったわ」

透子は、小皿の横に置いていた小瓶を開けると、角砂糖へ向けて傾けた。中から零れ出たのは、ブラウンの液体。鼻を突く甘く刺激のある香りは、伊織も嗅いだことがあった。

「ラム酒ですか？」

「そ。この角砂糖を口に含みながら、紅茶をちょっとずつ飲むというのが、ロシア式なのよ。濃厚な紅茶だけどエグミや渋みを感じることなく、美味しく飲めるわよ」

伊織は早速、角砂糖を舌に乗せて、砂糖を少しずつ溶かすようなイメージで、紅茶を口に含んでみた。濃く抽出された紅茶と角砂糖の強い甘さが綺麗に混じり合い、そこにラム酒が香る味わいは、ロマノフ朝の華麗さや妖美さを想起させる。

濃厚な味わいのせいか酔いを感じて、伊織はぼんやりと宙を見つめた。

顔を赤らめる伊織を見て、透子が笑いだす。

そんな彼女の態度に伊織は少しムッとするも、次の瞬間に目に入ってきた光景に固まってしまった。

「ごめんね。初めて叔母に、この紅茶を飲まされた時の私と、沢渡くんの反応が同じだったから、面白くってつい笑っちゃったわ」

透子は楽しそうな様子で角砂糖を口に放り、紅茶をちびちびと飲む。

「ちょっとブランデーみたいだから、お酒を飲んだことがないとびっくりよね。叔母も私を見て笑っていて、なんで笑うんだろうって当時は思っていたんだけど、あの時の彼女の気持ちが今、なんとなく分かった気がするわ」

伊織は何度も目を瞬かせながら、不服そうにする。

「なんで、笑うんですか？」

透子は紅茶を口に含み、舌の上でゆっくりと転がし時間をかけて飲み込むと、カウンターに肘をついて顎を乗せ、蠱惑的な瞳を向けた。カップを持ったまま赤い顔で固まっている伊織を目に収めると、彼女は口角を上げて艶麗に笑う。

「可愛いからよ」

伊織はこれまで、椿紅透子という女性は美しく繊細だが芯のある、凛とした人だと思っていた。だが、今目の前にいるのは、可憐な見た目で年下を揶揄（からか）う、悪戯（いたずら）な大人の女性。

そこには、酸いも甘いも噛み分ける、魅力的で底知れない女性がいた。

伊織の目には色が見えている。

最初は落ち着いた紫系統、ピオニーパープルが透子を覆っていた。

けれど、瞬きを繰り返す度に、彼女が纏う色が変化していった。

セラドングリーンやライトブラウン、アッシュブラウンにペールブルー、コーラルレッド、ターコイズグリーン、レモンイエロー、アイボリー、ディープバイオレット、アントワープブルー、気のせいでなければレッドスピネルまでもの、ありとあらゆる色が代わる代わる出現し、伊織をみるみる困惑させていく。

ラム酒で酔っ払っているのかもしれないと、両手で頬を叩いても、何も変わらない。

「透子さん、あなたは今、一体どんな気持ちなんですか？」

やたら困った様子で尋ねてくる伊織を見て、透子は不思議そうな顔をする。

「そうね、言葉にするのは難しいかもしれないわ。自分のことを沢渡くんに話したおかげで、今の自分を捉え直している感覚なのよね」

ううむと少し唸ってから、彼女は話を続ける。

「嫌なことも、辛いことも、悲しいこともあったけれど、この場所での出来事を思い出すと元気になれたのよ。だから今度は私がこの場所で、いろんな人を元気にできたらと思ってお店をやっている。だけど沢渡くんのおかげでもう一つ、大事なことに気づいたわ」

真っ赤な顔で自分を見てくる伊織を、透子は愛おしそうに眺める。

「いろいろ達観したつもりになっていたけれど、もっと自分も成長しなければならないって思ったわ。こんな近くにいる人の想いに気がつけないなんて、まだまだダメね」

最後に透子が見せた色は、バイオレットブルー。

やっと、少しだけ彼女の感情を知ることができた。

それを伝えるべく、伊織はハイスツールから勢い良く立ち上がる。

「透子さん。バイオレットブルーは、気高い心を持ち、前へ進みたいと強く想う人の色なんです。今、あなたからその色が見えました」

真夜中の喫茶店から漏れ出る鮮やかな色たちは、暗い闇夜など目もくれず、自由気ままに流れていき、未知なる明日への架け橋となるのだった。

エピローグ

座学を聞き終えた伊織がスマホを確認すると、アルデバランの予約が一件、届いていた。メールボックスを開いてみると、その送り主は真壁杏里沙だった。

「真壁さん、やっぱり透子さんと話したいんだな」

以前杏里沙の自宅にお邪魔した際、伊織は帰り際に予約方法を伝えておいた。透子や幸村健の話は、伊織よりも透子本人から詳しく聞く方が良いと感じたからだ。

結局、伊織は杏里沙に、健のその後を話せてはいない。

事実を知ったら、杏里沙は少なからずショックを受けるだろう。

伊織は少し身構えながら、透子に報告のメールを入れた。

透子は、チャットで返してきた。

透子：彼女、私と顔を合わせたくないんだと思っていたのに、意外だわ。

伊織：黙っていてすみません。実は僕、彼女と会ったことがあるんです。その時に、今の透子さんのことを話したので、それで会いたくなったんだと思います。
透子：そうだったの！　それは嬉しいわ。どうもありがとう。ずっと紅茶を買ってくれていることには気がついていたけれど、私からは話がしづらかったのよ。私、なんにも言わずに引っ越しちゃったから。
伊織：真壁さんも、透子さんに嫌われたと感じて話す勇気がなかったみたいです。でも、今ならきっと、昔みたいに話せるんじゃないでしょうか？
透子：そうね。その予約を受け付けることにするわ。
伊織：分かりました。招待メールを送ります。
透子：沢渡くん、思ったよりおせっかいな性格なのね。

出過ぎた真似をしたことを責められているのか、単なる感想なのか、伊織には判断ができず、数分間その場で凍りついてしまった。講義室から全ての生徒が消え失せ、一緒に授業を受けていた雄大から文句を言われた頃に、伊織はようやく我に返り、急いで招待メールを杏里沙へ送信する。

伊織：勝手なことしてすみません！

　チャットでは謝罪しておいた。

　既読はついたが、返事はなかった。

　アルデバランに来た途端、愉快に笑う透子と遭遇する。

「透子さん、一体何が面白いんでしょうか」

　今度こそバカにされている気がして、伊織は透子を睨む。

　透子はふぅと息を吐いて、食器を拭きながら話し始める。

「だって沢渡くん、謝ってくるんだもの。私、全く怒ってなんかいないわよ？」

　伊織は首を竦める。

「おせっかいって言われたので、出過ぎたことをしてしまったのかと思ったんですよ。文章だと感情が伝わってこないので、怒っているようにも見えるんです」

　透子は手を止めて、宙を見上げる。おそらく自分のメッセージが文字として表示されている様子を、思い描いているのだろう。

「言われてみればそうね。だけど沢渡くん、私、そんな小さなことで怒るような人間じゃないわよ」

文脈からして、むしろ透子は伊織に感謝していることが分かる。しかし、まだ透子に対して畏敬の念がある伊織は、つい自分が叱責されていると感じてしまっていた。

伊織はまた謝りそうになったが、開きかけた口を無理やり閉じて、ぎこちなく微笑む。微笑みながら、もっと気さくに透子と接することができる、余裕のある人間になりたい、なんて思ったりした。

入り口扉の鈴が、控えめに鳴った。

マゼンタ色のショートヘアの人影が、細く開いた扉の向こうに見えた。

杏里沙は緊張しているのか、僅かに扉を開いた状態のまま、その場で硬直していた。

一日の大半を家で過ごす彼女は、きっと物凄(ものすご)いエネルギーを使って、ここまで歩いてきたに違いない。そう思うと、伊織は彼女の手助けがしたくなり、思わず足を踏み出す。

その時、ティールグリーンの風が漂ってきた。

「なんだか緊張するわ。私、幸村さんみたいに、うまく話せると良いんだけど」

振り返った伊織に向かって、透子が本音を漏らした。
表情こそ普段通りの澄まし顔だが、その感情の色が、彼女の不安を教えてくれる。
色を見せてくれるのは、相手と想いを共有することを望んでいる証拠。
透子に頼られているような気がして、伊織は嬉しくなる。
色鮮やかな景色が、愛おしくすら思えてきた。
「透子さんなら、きっと大丈夫です」
不安そうな彼女に声をかけてみた。
その途端、目の前にパッと赤い花が咲いて、空中に軽やかに溶けて充満する。
その光景に、伊織は息を呑む。
いつか、どこかで、見たことがある色。
「ありがとう」
励ましの言葉を受けた透子は、夜に煌く月のような、艶のある微笑みを見せている。
夜空のような、青灰色の透子の瞳に見つめられ、伊織はその色を鮮明に思い出す。
心の奥底に潜む、固く閉ざされ錆び付いた鉄扉。
長い間閉じられていたせいで、存在を忘れかけていた扉。
その昔、伊織が胸を躍らせて過ごしていた頃に見ていた世界につながる扉。

たった今、その鍵穴に風が吹き抜け、あの情熱的な臙脂色(カーマイン)が、再び放たれた。

それはかつて、好んで身に纏っていた、ヒーローの色。

熱くなる目尻を堪えて、深呼吸する。


伊織は踵を返し、杏里沙がいる入り口扉へ歩いていく。

もう、自分を封じ込めなくて良い。

色鮮やかな景色を、否定しなくて良い。

扉をもう一度開くための鍵の在(あ)り処(か)は、透子と過ごす日々の中で見つけている。

杏里沙から漏れ出ている、ディープインディゴを見て、伊織は表情を引き締める。

伊織は堂々とカーマインを纏い、その扉をゆっくりと開いた。

あとがき

はじめまして。以前もお読みいただいている方は、お久しぶりです。杜宮花歩(もりみやかほ)です。この度は『23時の喫茶店　明日を彩る特別な一杯を』をお手に取って頂き、誠にありがとうございます。

私は二〇二三年一月に『怪異学専攻助手の日常　蓮城京太郎の幽世カルテ』という作品でデビューしており、本作は二作品目となっております。一作目では、怪異ミステリーを描いたため、二作目でも怪異・妖怪を扱おうと、当初は考えておりました。怪異を解決する喫茶店。結構良いのではないだろうか？　と設定を固めようとしましたが、お茶の歴史や特性などを調べるうちに、お茶を描くことにフォーカスするべきだと感じたため、今回は怪異をやめて、悩める人を癒(いや)すお茶のストーリーに仕上げました。

普通は見えないものが見えるキャラクターは、前作にも今作にも登場させています。これは、不思議ちゃんを描きたいわけではなく、自分と他者は、世界の見え方が違うことを明確に提示することが目的です。人間は誰一人として、他者と全く同じように世界を見ることができません。天然水のペットボトルが置かれているとして、Aさんは「水が置いてある」と思っても、Bさんは「ペットボトルが置いてある」と捉えていて、Cさんは「天然水が置いてある」と見ていたりする。誰一人として間違ってはいないけれど、その認識、「ものの見方」には違いが生じています。自分には見えていないものが、自分以外の人たちには見えている。だから、人と接する時には、見えないものを見る努力が必要であると感じます。見えないものを想像する力を養うことで、より豊かな人生を歩めるのではないだろうか？　なんてことを、日々、いろんな人と関わる中で考えているため、小説にも反映させたくなったんだと思います。現実の私は、透子のような器用な人間ではないので、四苦八苦しながら過ごしておりますが（笑）。

前作のミステリーも難しかったけれども、今回の恋愛を描くというのも、個人的には非常に難しかった点です。人が人を好きになるのは、どんな時なのか。出会った瞬間から始まっているんだろうな、というのが私の見解ですが、今でもはっきりとは分かりません。ご意見がある方がいらっしゃったら、遠慮なく教えて頂きたいです。

最後に、幻想的で美しいイラストで表紙を飾ってくださったSpin様、誠にありがとうございました。また、本作よりお世話になっている担当編集の方々にも、心よりお礼申し上げます。日々を生きる様々な人たちに目を向け、心の拠り所となるような癒しの話を書こうと思えたのは、担当さんのご意見があったからこそだと思います。

この作品が、読者の皆様の日常をほんの少しでも彩れることを、祈っております。

《引用文献》

ジリアン・ケンプ／著　伊泉龍一／訳　『フォーチュン・テリング・ブック～あなたの未来が輝き出すマジカルレッスン～』　駒草出版
Ⅸ紅茶占い　風車　P.119より

《参考文献》

ジョン・ハリソン／著　松尾香弥子／訳　『共感覚　もっとも奇妙な知覚世界』　新曜社
日本茶葉研究会／編著　『知識ゼロからの紅茶入門』　幻冬舎
山田　栄／監修　『知る・味わう・楽しむ　紅茶バイブル』　ナツメ社
世界文化社／編　『楽しもう、大人の時間　新版　厳選紅茶手帖』　世界文化社

和田三造／著『配色辞典―大正・昭和の色彩ノート』青幻舎
藤枝理子／著『仕事と人生に効く　教養としての紅茶』PHP研究所
MUSICA TEA／監修『MUSICA TEAに教わる紅茶の楽しみ方』KADOKAWA

＜初出＞

本書は書き下ろしです。

◇◇メディアワークス文庫

23時の喫茶店
明日を彩る特別な一杯を

杜宮花歩

2024年9月25日　初版発行

発行者　山下直久
発行　株式会社KADOKAWA
〒102－8177　東京都千代田区富士見2－13－3
0570-002-301（ナビダイヤル）
装丁者　渡辺宏一（有限会社ニイナナニイゴオ）
印刷　株式会社暁印刷
製本　株式会社暁印刷

●お問い合わせ
https://www.kadokawa.co.jp/（「お問い合わせ」へお進みください）
※内容によっては、お答えできない場合があります。
※サポートは日本国内のみとさせていただきます。
※Japanese text only

※定価はカバーに表示してあります。

Printed in Japan
ISBN978-4-04-915771-0 C0193

メディアワークス文庫　https://mwbunko.com/

本書に対するご意見、ご感想をお寄せください。

あて先
〒102-8177　東京都千代田区富士見2-13-3
メディアワークス文庫編集部
「杜宮花歩先生」係

◇◇◇

おしゃべりオコジョと秘密のアフタヌーンティー

霧摘み紅茶と日向夏のタルト　～冬毛のオーナーを添えて～

鳩見すた

あざとかわいいオコジョが営む不思議なお店のほっこりおいしいティータイム。

「いらっしゃいませ。『オコジョのティールーム』へようこそ！」
　幼い頃からの夢を絶たれた23歳・無職の青年コウが偶然たどり着いたのは、愛らしすぎる「しゃべるオコジョ」がオーナーを務める英国喫茶店。香り高い紅茶と、ダジャレ好きなイケオジパティシエによる絶品スイーツ、そして不思議なほど人の心の機微を読み取るオコジョさんのうんちく。訪れる人々をほっこり魅了するこの店でアルバイトをすることになったコウは、店のさらなる秘密に触れて……？

怪異学専攻助手の日常 蓮城京太郎の幽世カルテ

杜宮花歩

人間の闇から生まれる不思議現象に立ち向かう怪異ミステリー！

　東嶺館大学で知る人ぞ知るミステリアスな青年、蓮城京太郎。怪異学を研究している彼のそばには、犬に変化できる陽気な妖怪・椿原遥がいつも寄り添っている。

　ある日、人生に悩む折笠亜紀が二人を訪ねてきたことから、波乱の物語が幕を開ける。

　聞こえるはずのない声や音に煩わされる女子大生、大学の収蔵庫になぜか現れた稲荷神社の眷属神・白狐……。妖しく不可思議な事件に、京太郎たちが立ち向かう。

　怪異を呼び起こすのは、いつだって心に潜む闇——。